鲁 山 县
优秀文艺成果丛书

郭伟宁 主编

桑梓情

邢春瑜 / 著

SANGZI QING

中国文联出版社

图书在版编目（ＣＩＰ）数据

桑梓情 / 邢春瑜著. -- 北京 ：中国文联出版社，
2022.2
（鲁山县优秀文艺成果丛书 / 郭伟宁主编）
ISBN 978-7-5190-4760-3

Ⅰ. ①桑… Ⅱ. ①邢… Ⅲ. ①中国文学－当代文学－
作品综合集 Ⅳ. ①I217.2

中国版本图书馆 CIP 数据核字(2021)第 276944 号

著　　者　邢春瑜
丛书主编　郭伟宁
责任编辑　王素珍
责任校对　潘传兵
装帧设计　王熙元

出版发行　中国文联出版社有限公司
社　　址　北京市朝阳区农展馆南里 10 号　邮编　100125
电　　话　010-85923025（发行部）　　　010-85923091（总编室）
经　　销　全国新华书店等
印　　刷　中煤（北京）印务有限公司

开　　本　880 毫米 x 1230 毫米　　　1/32
印　　张　9.25
字　　数　149 千字
版　　次　2022 年 2 月第 1 版第 1 次印刷
定　　价　42.00 元

鲁山县优秀文艺成果丛书由鲁山县文联组织编写

鲁山县优秀文艺成果丛书编委会

总　序

鲁山物华天宝、人杰地灵，是一方神奇的土地。

她历史悠久，文化底蕴深厚。"鲁"之地名，最远可以追溯至夏代。西周初，鲁山为周公封地，史称西鲁。这里秦汉年间置鲁阳县，后曾置广州、荆州、鲁州，唐贞观元年置鲁山县。鲁山是世界刘姓发祥地，境内有楚长城、汉代冶铁遗址、唐代鲁山花瓷瓷窑遗址和唐代大书法家颜真卿撰文并书丹的元次山碑等。鲁山还是中国墨子文化之乡、中国牛郎织女文化之乡、中国温泉之乡、中国长寿之乡、中华名窑花瓷之乡、中国屈原文化传承基地。

这片热土，文脉绵长。先秦时期墨家学派创始人墨子、唐代著名文学家元结、清代中州硕儒张宗泰、中原一步踏入中国新文学殿堂第一人徐玉诺，都来自这片热土的温润与滋养。

　　进入新时期，鲁山文学艺术事业蓬勃发展。依照中共鲁山县委《关于繁荣发展社会主义文艺的实施意见》，县文联组织带领全县广大文学艺术工作者，致力于创作无愧于时代、无愧于人民的优秀文学作品，创作了大量有筋骨、有道德、有温度的文艺作品，书写和记录人民的伟大实践、时代的进步要求，彰显了信仰之美、崇高之美，弘扬中国精神、凝聚中国力量，成绩可喜可贺。

　　县文联组织专家学者，选取近年来优秀文艺作品作为"鲁山县优秀文艺成果丛书"结集出版。希望此举能够进一步激励全县文艺家创作更多精品力作，助推社会主义文艺事业繁荣发展，为建设生态文化美丽富强新鲁山贡献文艺力量。

刘鹏

2021 年 11 月 9 日

序

程健君

　　八百里伏牛山苍苍茫茫，迤逦东来。发源于伏牛山东麓的沙河，古称滍水，是淮河重要源头之一。古滍水浩浩汤汤，日夜奔涌不息，孕育了滍水流域璀璨光辉的文明。千年古县鲁山，便是这滍水文明的一颗明珠。这里历史悠久，文化底蕴深厚，是中国民间文艺家协会命名的中国墨子文化之乡、中国牛郎织女文化之乡，还是中国屈原文化传承基地，可谓钟灵毓秀。

　　近年来，鲁山民间文艺事业蓬勃发展，得益于当地有一批有情怀、有胆识、有担当的领导和文化工作者为之倾情付出。邢春瑜先生即是其中一位我非常感佩的学者型领导干部。

　　认识春瑜，迄今已将近十五个春秋。彼时，他在鲁山县辛集乡任党委书记,因鲁山申报中国牛郎织女文化之乡的缘故,我率省民协诸君多次前往辛集乡考察。他温文儒雅,精明干练,思想深邃,初相见,即给我留下了很深的印象。后来,春瑜担任鲁山县政协副主席,社会职务则包括县炎黄文化研究会会长、中国牛郎织女文化研究中心主任、中国屈原文化传承基地主任等。往往一些领导干部任内的文化团体兼职只是一个虚衔,并不能分散太多精力于其上,可春瑜却是一个另类,他是真正把这些虚的软的充满弹性的文化工作作为一项事业扎扎实实来做的。及至鲁山申报中国墨子文化之乡、中国屈原文化传承基地等,才和春瑜有了更多交集。鲁山的中国文化之乡建设卓有成效,曾经荣获最具魅力的中国文化之乡殊荣,即得益于春瑜等鲁山邑宰者的倾情关注和大力支持。

春瑜是鲁山文化的旗手,随着工作交集的增多,我们也成为知心挚友了,于是也知悉了一些他的往昔经历。他20世纪80年代中师毕业,初为教师,后选拔至县委办公室从事文秘工作,再到乡镇企业局,复至鲁山县辛集乡任乡长、党委书记,成为一员"封疆大吏"。工作几经变迁,但不变的是他对文学的执着追求,对文化的一腔情怀。还在学校当教师时,繁杂的教育教学任务之余,他受聘担任县广播电台业余通讯员,勤奋撰写新闻稿件,也涉足散文、诗歌创作,把自己对社会的观照、对人生的思考、对理想的追求萦怀于胸,倾注笔端,化为珠玑。这一习惯,他保持了三十余年,即使是担任县处级领导干部,他还动手写作文史资料，撰写讲义，依然笔耕不辍，实属难能可贵。从乡村教师到领导干部，变的是他的创作的题材体裁，而不变的是他对家乡的深厚情结、对家乡文脉割舍不断的喜爱。他的文字，不华美，不乖巧，却处处闪耀着人文的光芒，醇厚回甘，具有淡到极点却也美到极致的摄人魂魄的力量。

春瑜把这些年来创作的文字结为《桑梓情》出版，内有通讯报道、散文、诗歌、史料、讲稿，枝枝蔓蔓，看似芜杂，其实并不显得凌乱，从首至尾，总有深植于生活土壤的根脉，总有一条主线贯穿始终，那就是对脚下这块热土深挚的爱。有了这根脉，枝枝蔓蔓的牵引，结出的一粒粒果实，便都有了香甜的味道。

《桑梓情》即将付梓印刷之际，春瑜嘱我作序。我自是欣然答应，唠唠叨叨，写下这些文字，权作序言罢。

目　录

CONTENTS

第一编　乡情悠悠

第二编　乡村纪事

第三编　激情岁月

第四编　世态掠影

第五编　杏坛小耕

第六编　言论辑要

第一编 乡情悠悠

为什么我的眼里常含泪水？

因为我对这土地爱得深沉……

——艾青

尧山和合峰

华夏文明的滥觞地

　　鲁山历史悠久，夏称鲁县，周称鲁阳，汉称鲁阳县，魏晋时期置鲁阳郡、广州、鲁州，唐初废州置鲁山县至今。在这片 2432 平方公里的大地上，钟灵毓秀，风云际会，文化元素符号重大而又密集。

　　鲁山山川秀美，四季分明，雨量适中，十分适宜人类居住，是我国农耕文明最发达的区域之一，早在 7000 多年前就有人类聚居并形成村落，蚩尤以及尧帝、大禹等先帝都曾在这一带活动，留下了不少遗迹遗存。先民们在这片热土上胼手胝足，传承赓续，人才辈出。造字鼻祖仓颉、平民圣人墨子、爱国诗人屈原、文韬武略元结、抗金名将牛皋、元代政治家王磐、五四诗人徐玉诺等一个个从鲁山走出的先贤大家灿若群星，闪耀在历史的苍穹。即使个别里籍有争议的人物，经权威专家深入考察论证后也均指向鲁山。例如墨子，当山东学者提出墨子里籍山东滕州说时，第一个提出否定意见的就是山东社会科学院院长、山东孔子学会会长刘蔚华教授，他于1982年公开在《中州学刊》发文《墨子是河南鲁山人——兼论东鲁与西鲁的关系》，引起学界的高度关注。山东滕州著名学者朱绪龙也在《一桩并未了结的历史疑案》中对墨子里籍滕州说给予了坚决否定。屈原故里曾困扰了学界上千年，湖北秭归说似乎已成定论，但最先质疑的恰恰是湖北屈原学会副会长、中国屈原学会常务理事、黄冈师范学院教授黄崇浩，他于2015年10月在《黄冈师范学院学报》第五期发文《河南平顶山市鲁山县是屈原故里——"屈原生于南阳说"的一个新结论》，并得到了全国多位著名屈原研究专家如黄震云等教授的呼应和肯定。

鲁山物华天宝，资源丰富，特产众多。金银铜铁、玉石水晶均有出产，桃李杏枣、香菇猴头遍布山川。满山的柞木资源适宜柞蚕养殖，鲁山自古就有柞蚕之乡的美誉，以柞蚕丝织成的鲁山绸因色泽柔和、丝缕匀称、绸面密实、手感爽滑备受世人青睐。民间传说是玉皇大帝第九个女儿织女把"天虫"带到人间，并教会人们养蚕缫丝织布，因此鲁山丝绸又被称为"仙女织""织女织"。1915年鲁山绸曾代表中国参加在美国旧金山举办的万国博览会获得金奖。鲁山段店花瓷用鲁山特有的陶土釉料烧制，是我国最早的高温窑变釉瓷器，始于夏，盛于唐宋，她创造性地在釉面上采用彩斑装饰，"入窑一色，出窑万彩"，终结了中国瓷器单色釉的历史，中国陶瓷窑变艺术也从此破茧成蝶，鲁山花瓷因而被专家称为"汝瓷之源、钧瓷之母、官瓷之祖"。鲁山汉代冶铁遗址，是当时我国也是世界上最大的冶铁基地，其冶炼工艺创造了数个世界第一，产品丰富而先进，为世界农业文明的进步做出了巨大贡献，是全国重点文物保护单位。

鲁山位于中国南北分界线的大秦岭伏牛山东麓，西、北、南三面环山，东连黄淮大平原，进可攻，退可守，战略地位十分重要，是联通宛洛的重要门户，素有"北不据此，则不能得志宛襄；南不得此，则不足以争衡伊洛"之谓。境内的鲁阳关为中国古代五大著名关隘之一，晋张协的《鲁阳关》诗中有"朝登鲁阳关，狭路峭且深。流涧万余丈，围木数千寻。咆虎响穷山，鸣鹤聒空林"，极言鲁阳关之险要。楚汉相争，刘邦布兵鲁山，并在犨东大败秦守将吕齮，进而一路向西，夺取关中，完成了灭秦大业。孙坚向北进攻董卓，以鲁山为后防基地，不战而屈人之兵，成功攻入洛阳，鲁阳之战也成为中国古代战史中出色的山地攻坚战例之一。1945年，中共河南区委员会及河南军区、河南人民抗日军司令部驻扎鲁山，辟建豫西抗日根据地，指挥河南人民的抗日斗争。解放战争期间，鲁山先后是豫陕鄂边区、豫西解放区、中共中央中原局及河南省委的领导中心，邓小平、刘伯承、陈毅等老一辈革命家曾多次在这里主持召开重要会议，运筹帷幄，决战中原。"文化大革命"期间，出于国内国外战略考量，中央在鲁山布局营建了规模宏大的地下指挥系统和一批相对配套完善的军工企业，鲁山的战略地位愈加凸显。

鲁山历史上归属多变，春秋时属郑，战国时属楚，汉代归南阳郡，唐宋时隶属汝州府，新中国成立后归许昌地区，1983 年归平顶山市管辖至今，可谓是群雄逐鹿，风云激荡。历史在这里碰撞，文化在这里交融。境内生活着汉族、回族、满族、苗族、壮族等 20 多个民族，多民族和睦相处，繁衍生息，民俗文化丰富多彩，民间艺术争奇斗艳。衣食住行、修房架屋、祭祀祈福，都有着独特的礼仪规范和生活习惯。根艺、奇石、花瓷、剪纸、高桩故事等民间艺术独具特色，光耀中原。鲁山是曲剧、鼓儿词等剧种的发源地，至今仍有数百支文化艺术表演团体活跃在城乡，乔双锁、赵玉萍、杜根亮、宁金梅等民间曲艺表演艺术家先后在宝丰马街书会上夺魁折冠获得"书会状元"称号，是全国获得书会状元最多的县。牛郎织女的传说故事就发生在这里，并流布全国，家喻户晓。2009 年 2 月，鲁山县被中国民协命名为"中国牛郎织女文化之乡"。

鲁山独特的战略位置和根源性的文化内涵令世人瞩目，"引无数英雄竞折腰"。尧帝裔孙、刘姓始祖刘累，学豢龙于鲁县豢龙氏，最终又归隐于鲁县，因而鲁山成为世界刘姓公认的祖庭。商王成汤钟情于鲁山优质的百里温泉带，在鲁山辟建皇家汤池，至今仍有上汤、中汤、下汤、皇姑浴等不少遗迹遗存。武王伐纣，建立周朝，把战略位置极其重要的鲁阳封给其弟周公姬旦，周公以此为根据地，营建洛邑，拟制周礼，为周朝八百年基业奠定了基础。战国七雄之一的楚国为争雄中原，特在鲁阳设立侯国，封公孙宽为鲁阳公，亦即鲁阳文君，镇守楚北，攻防高度自治，留下了"鲁阳挥戈，日反三舍"的佳话。唐玄宗十分喜爱鲁山的段店花瓷，在欣赏杨贵妃领舞的十大宫廷乐舞时，就常用鲁山花瓷烧制的羯鼓伴奏，他在与宰相宋璟谈论鼓事时说"不是青州石末，即是鲁山花瓷"，鲁山花瓷从此名扬天下。新中国开国领袖毛泽东，十分推崇鲁山的墨子，他说："墨子是一个劳动者，他不做官，但他是比孔子高明的圣人。"英国女王伊丽莎白每逢加冕或举行盛大宴会，也总爱穿鲁山绸制成的礼服，以示高雅。张衡、郦道元、李白、杜甫、白居易、颜真卿、皮日休、孟郊、元稹、宋之问、温庭筠、梅尧臣、苏轼、顾炎武等名流巨儒也都曾结缘鲁山，或赋诗作文、或倾情泼墨。最著名的当属郦道元《水经注》中对鲁山山川的描述、李白的《豫章行》、梅尧臣的《鲁山山行》诗以及颜真卿为元结撰文并书丹的碑文。特别是唐代鲁山县令、被后人称为元鲁山的元德秀，因其德行高洁、勤政爱民而深受世人敬仰，自唐以降文人墨客吟咏不断，皮日休称他"清似匣中镜，直如弦上丝"，陆游赞道："安得子元子，同歌于蒍于"，一代文豪苏轼也发出了"恨我不识元鲁山"的感慨……

仰望历史的星空，鲁山历史文化犹如最早出现在华夏天空中的启明星，璀璨夺目、令人向往。

（2017 年 11 月）

2018 年，作者陪同河南省政协常务副主席钱国玉调研鲁山历史文化

九峰山纪游

不论是路过背孜，或是到背孜出差，只要你行至背孜南桥留心或不经意地往东北瞥上一眼，我想你一定会马上情不自禁地惊叫一声："好美的山啊！"

这就是地处鲁山与汝州交界的九峰山，海拔 892 米，她虽不抵昆仑之壮、华山之险、黄山之秀，但她那独具特色的风姿与古老传说却使不少游人流连忘返、叹为观止。

一个金菊飘香的日子，我迎着初升的朝阳，带着连日来莫名的烦恼，独自一人从背孜街出发，沿着羊肠小道，去消受九峰山那神奇而又怡人的风光了。

九峰山的奇、险、秀，我是历有所闻的。奇，就奇在座座山峰突兀而起，挺拔峻峭，主峰大寨松柏蓊郁，一口古井常年不竭，且井水清凉甘洌。险，就在于通往主峰仅

九峰山远景

有一条既陡又窄的小道，大有"一夫当关，万夫莫开"之势。当年，这里既是绿林草寇凭借天险占山为王的理想之地，又是逃避战乱之苦的黎民百姓得以喘息的乐土。九峰山的秀，不在于她春有云蒸霞蔚的杜鹃，秋有层林尽染的红叶，她的秀是"清水出芙蓉"的秀，是九天瑶池仙女的化身啊！很久很久以前，这里是一片汪洋大海，碧波荡漾，小岛奇秀，上天九位仙女因耐不得天宫寂寞，就常常溜出天庭，来此洗浴、嬉戏，如醉如痴。不料有一天，一位相公赶考从海边经过，九位仙女避之不及，遂羞得浸入水中。天长日久，便化作了九座秀丽的山峰。

抬头望去，九峰山已褪去了夏日的盛装，线条轮廓层次分明。突出的三座山峰一字排开，如鬼斧神功凿就的磨盘，又似农家冒尖的粮囤，因主峰颇似旧时抬媳妇的轿子，故又名轿顶山。一步一步，只觉得步履愈显沉重，头冒汗，气发喘，这登山的劳累之苦非登山者莫能感受。山风徐来，阵阵菊香沁人肺腑，惹人肝肠，灿烂的山菊，翩翩舞动的蝴蝶，飘动若火的红叶……这爽心悦目的风光，这乐而忘疲的游趣又是非登山者所能体味的。登山是累的，但只有累，只有不畏累，才有希望到达峰巅，欣赏到绝美的风光。人生不也是这样吗，要成就一番事业，若没有坚韧不拔的毅力，没有流几身汗、跌几次跤的勇气，畏首畏尾，裹足不前，也是难以尝到成功的甘果的。我越想越多，越想越高兴，越想越感到有了精神，不觉中，已来到了九峰山主峰——大寨山跟前。

猛抬头，大寨、二寨耸天对峙，陡如斧削，透过一线蓝天但见苍鹰盘旋，更增添了山势的险峻。我倒吸了一口凉气，这里就是通往主峰唯一一条通道——大寨壕了。

趁小憩的当儿，我往东南望去，只见擂鼓台走势若列车飞奔，尾端怪石嶙峋，似剑、似林，如猴、如人，天造地设，蔚为壮观。传说当年东周赧王到此避难，被敌兵所追，情急之中，擂响了守寨人的牛皮鼓，霎时间，战鼓咚咚，山鸣谷应，似有千军万马一齐伏击，吓得敌兵屁滚尿流，溃散而逃，擂鼓台也由此得名。“嗨——”我从传说中惊醒，一抬头，见寨壕半腰有一位白发苍苍、挓着小篮儿、拄着拐杖的老太太正喘着粗气靠石壁歇息呢！我紧紧攀上赶上了老人。望着上气不接下气、满脸皱纹的老人，我好奇地问："大娘，您是来烧香的吧？"老人张开缺了牙的瘪嘴，似乎很高兴地说："是啊，我儿媳前天生了个胖小子，我是特来还愿的。"撇开迷信不说，单凭这小脚老人虔诚的脚步，也使我感到了老人的可爱。我感慨了一番，告别老人，一鼓作气向山顶登去。

上来了，上来了！——我心中涌起一股胜利者的豪情，手足舞之蹈之。顶峰上古树参天，翠柏蓊郁，修葺一新的座座古庙掩映其中，肃穆神秘。我幽幽徘徊其顶，细细地观察每一座庙宇，每一块断碑。透过漫漶依稀的碑文，我仿佛看到了神后殿、伽蓝殿、火神殿那香火极盛时的繁荣，也仿佛听到了那穿越历史的磬鼓木鱼礼佛诵经声。解放后，这里便逐渐萧条了，以至于庙毁香断。近年来，宗教政策的开明，这里才恢复了往日的热闹。不过，每逢例会，磕头烧香者少了，而观光凑热闹者居多，这也许是历史发展进步的一个小小注脚吧。

站在峰顶，极目远眺，北临汝、南鲁山、东宝丰，西汝阳，但见山峦重叠，峰岭相连，"锐者如簪，缺者如玦，隆者如髻，圆者如璧"，长蛇般的鲁汝公路如绸似带起伏于崇山峻岭之间，汽车甲虫般地蠕动着。波涛似的山峰尽涌眼底，大有"眼前顿觉群山小，罗列儿孙未得名"之慨，令人胸襟开阔，心旷神怡，一时间，什么宠辱得失了，什么烦恼忧愁了，眨眼间烟消云散。只觉得心胸被涤荡得纯洁如玉，感到自己是世界上最伟大、最崇高的人了。

乘着游兴，我又游览了东寨门、梳妆台、乌鸦洞，直到精疲力竭，才索性躺在了山顶的草丛中，望白云悠悠，任思绪翩飞……忽然，一位鹤发童颜、具有仙风道骨的老者来到了我的跟前，轻轻拍了拍我的头部，和蔼地说："孩子，别睡过了头。新的生活还等着你去创造呢！"我一惊，一骨碌爬了起来，定睛一看，夕阳衔山，牧童唱晚。我舒畅了一下筋骨，抖擞了一下精神，恋恋不舍地踏着晚霞噔噔下山了。

（1988 年 10 月）

钟灵毓秀鲁峰山

八百里伏牛山逶迤西来，在古老的鲁阳滍水北岸画了一个浑圆的句号，这个句号就是被誉为鲁山古八景之首的鲁峰山。

鲁峰山又名露峰山，俗称鲁山坡，它背靠伟岸的伏牛山，面向肥沃的黄淮大平原，进可攻，退可守，战略地位十分重要。

这是一座镇山。明嘉靖《鲁山县志》载："在县之东一十八里，平原突起山峰，为一邑之镇。"鲁峰山像一位忠诚的卫士，镇守鲁阳关，南控襄宛，北扼伊洛，护卫着一方百姓的平安，庇佑着鲁阳古邑历千年而不衰。汉刘邦曾依托鲁峰山设防，在犨东大败秦将吕齮，进而一路向西，势如破竹，攻取关中，完成了灭秦大业。金兵南侵中原，一路狂进，气焰嚣张，面对外侮和破碎的河山，鲁阳射士

鲁峰山（又名露峰山，俗称鲁山坡）

牛皋壮怀激烈，勇担大义，率乡勇先后设伏于鲁峰山东南的邓家桥和宋村，大败金兵，生擒金将耶律马五，威震敌胆，捍卫了民族的尊严，在南宋抗金史上写下了浓墨重彩的一页。

1945年，中共河南区委员会及河南军区、河南人民抗日军司令部驻扎鲁山，辟建豫西抗日根据地，指挥河南人民的抗日斗争。解放战争期间，鲁山先后是豫陕鄂边区、豫西解放区、中共中央中原局及河南省委的领导中心，领导机关就分布于鲁峰山周围的村镇。邓小平、刘伯承、陈毅等老一辈革命家曾多次在这里主持召开重要会议，运筹帷幄，决战中原。

这是一座仙山。鲁峰山海拔并不高，仅有三百多米，但山不在高，有仙则名。当年张三丰在鲁峰山结庐修行，参玄悟道，后受仙人点化南下武当设坛授徒，终成道教武当派鼻祖，鲁峰山也成为信众膜拜的祖庭。家喻户晓的牛郎织女的故事就发源于此，织女是玉皇大帝的第九个女儿，她下凡鲁峰山，在九女潭与牛郎结缘，牛郎洞里琴瑟和鸣。一对佳偶被王母娘娘强"拆"后，牛郎即从山顶南天门升天，苦苦追赶，最终感动天帝，喜鹊搭桥，七夕相会，演绎了千古爱情。2009 年 2 月，中国民协命名鲁山为"中国牛郎织女文化之乡"，鲁峰山爱情圣山的称号驰名华夏。也许是天意，世界最大的南水北调大渡槽就从鲁峰山南山腰牛郎洞前环绕而过，犹如天河，与鲁峰山相映生辉，为牛郎织女文化再添新景。

牛郎洞又称吕公洞，明初即有记载，据传八仙之一的吕洞宾曾携众仙，采隔河相望的商余山仙草灵芝在牛郎洞炼制丹药，救助众生，商余灵药由此出名，至宋代商余口已成为全国最大的中药材集散地，盛极一时。唐代官员元延祖就因慕其名而从晋中弃官举家迁居商余山，在灵山秀水的滋养下，其子元结从此走出，文韬武略，名冠朝野。人循山而仙，山因仙而名，鲁峰山的仙风仙韵，引得无数文人骚客登临唱和。宋代大诗人梅尧臣的《鲁山山行》就是其中的典范之作，"适与野情惬，千山高复低。好峰随处改，幽径独行迷。霜落熊升树，林空鹿饮溪。人家在何许？云外一声鸡。"最令人快意欲仙的，当数秋高气爽之日登顶，临风远眺，阡陌纵横，果蔬飘香，远山依长天而秀，

2019 年七夕节，作者接受中央电视台《乡约》栏目著名主持人肖东坡采访

渡槽交潢水竞流，林涛阵阵，鹊鸟翩飞，让人驰目骋怀，宠辱两忘。

这是一座神山。鲁峰山平地兀起，巍峨壮观，老百姓敬之若神，望山定农事，山罩雾则雨，雾散则晴，十分灵验，民谚即有"鲁山坡戴帽，长工睡觉"之说。鲁山山川秀美，洞潭众多，然而，明嘉靖《鲁山县志》仅记一洞即鲁峰山牛郎洞，"内立牛郎神，民间凡马牛生疾者，祈祷有应"；仅记一潭即鲁峰山九女潭，"潭上有九女庙，潭不加深，岁旱祈雨立应"，可见鲁峰山之神奇。鲁峰山周围分布着大大小小十多座寺庙，山顶瑞云观和南麓中岳庙最为著名，瑞云观始建于宋崇宁年间，建有祖师殿、凌霄殿、牛郎织女殿等，雕梁画栋，规模宏大，十三层的元武塔直插云霄，享誉千里，每逢初一十五香客云集，只可惜元武塔在"文革"期间建雷达站被炸掉，颇为遗憾！

神山出神鸟，鲁峰山鹊鸟奇多，除七夕搭鹊桥成就美好姻缘外，还和楚大夫屈原有关，据传屈原遭贬，流放汉北，寓居边鄙鄢城时，曾于端午登上鲁峰山，南望郢都，愁肠百结，"有鸟自南兮，来集汉北。好娉佳丽兮，牉独处此异域。……望北山而流涕兮，临流水而太息。……忧心不遂，斯言谁告兮。"诗人忧国忧民的情怀感天动地，一时间，通灵的鹊鸟纷纷从四面翔集，都来陪伴并抚慰这位孤高不屈、孑然无助的诗人。百姓也感其义，视之为祥瑞，每听到房前屋后有鹊鸟在枝头鸣叫时，都要拿出粮食撒喂，即便猎人上山打猎，也从不加害。

这是一座宝山。传说鲁峰山是凤凰所变，翅膀底下有座金库，一匹金马在金库里不停地碾着金豆。而要打开金库的大门，必须用长足百日的黄瓜才能开启。一位偷听仙人私语的贪心商人用长了九十九天的黄瓜进入宝库，想把碾金豆的金马牵出，不料大门訇然闭合，商人抓把金豆仓皇逃出，差点丧命。这个故事似乎在告诉人们，只有辛勤耕耘，功德圆满，才能瓜熟蒂落，收获希望。鲁峰山处处是宝，山下蕴藏着丰富的硅、磷等矿产资源，山上植被茂盛，物种繁多，林木以柞栎、油桐等为主。这里自古就有利用柞栎养蚕的传统，柞蚕丝织成的鲁山绸又称"仙女织"。传说是织女从天庭把天蚕带到人间，教会了人们缫丝织绸，鲁山绸因质地轻柔、坚韧耐用享誉国内外，1915

2019 年七夕节，和鲁山县副县长王岚（左）宣传鲁峰山"仙缘"葡萄

年在美国旧金山万国商品博览会上获得金奖。

鲁峰山一年四季花开有序，香盈遍野，春有九女花（油菜花）、迎春花、桃杏花，夏有银槐花、石榴花、玉莲花，秋有牵牛花、金桂花、山菊花，冬有冬凌花、蜡梅花，既给大地带来了无限的生机和活力，也惠及当地百姓。如今，几乎每天都可以看到三五成群的人上山赏花或购果。鲁峰山南的冲积平原，在鲁峰山血脉滋养下土质极其肥沃，被称为鲁山的"地头"和粮仓。山下孙义等村群众因敬仰老祖牛郎，家家种植葡萄，为的是七夕夜能聆听牛郎织女的呢喃之语，后开始大田种植，收获颇丰，目前总面积上万亩，所产"仙缘"葡萄畅销全国，已成为当地农民增收的支柱产业。

鲁峰山，因天生丽质独秀中原；鲁峰山，以神奇厚重德泽苍生！

（2015 年 12 月 9 日）

大山之殇

脚下就是我童年时代的乐土吗？

仅仅二十来年，就已成为了十分遥远的梦。那浓醇的绿色，那澄澈的溪水，那律清韵远的天籁的合奏，梦一样地在记忆中消失了。

八百里伏牛山，逶迤连绵，蕴藏着十分丰富的绿色宝藏，烧不尽，垦不完。孩提时代，我总是随着大人登山垦荒，天真地这样想。湛蓝的天，翠绿的云，朗笑、野唱在山岚雾气中穿行，谜一样神秘，爱神一样撩人。我随着大人们开荒的镢头声穿来穿去，扒个棉枣，捡把茅根，拉个栗疙瘩，其乐融融，其趣陶陶，把整个世界都思虑得极纯极净。村前，村后，一里，二里，当荒垦到我望不见的地方的时候，家乡真的"荒"了。

俗话说，靠山吃山。山民们对这句话的内涵也许理解得并不透彻。大自然在赋予我们无尽的绿色的同时，也将养山的义务不可推卸地交给了我们。然而，毁林，垦荒，无尽地索取，已使大地严重失血，绿色在急剧消褪。背孜乡井河口村素有"深山老林"之称，河道纵横，村居荒蛮，二十年前，合抱粗的大树随处可见，"好木沤在山上"是人无能为力的稀松事。如今那遮天蔽日、摇缀披拂的原始景象已成了历史故事，碗口粗细的林木也日渐稀少。井河口开化了，山民们大开了眼界，人力车、三轮车、载重卡车沿着河道，颠颠簸簸长驱直入，空车进，满载归。山妞们也打扮得花枝招展，太阳帽，高跟鞋，把山道扭成了一道亮色，"小洛阳"被人们含有轻蔑意味戴到了井河口的头上。山民们哪里知道，那一车车运走的，不仅仅是他们廉价的汗水，而且是他们赖以生息繁衍、安身立命的"黄金"呀！对这"盗宝"行为，山民们都不以为然，还自以为得意。零花钱如涓水细流，膨胀着"自戕"心理，有人收，就有人伐。大的檩条、坑木，小的椽子、穿杆，甚至于连根挖出，烧柴，根雕。一时间，盗伐盗运木料成风。虽然国家明令禁止，层层设卡，但有令难行，有禁难止。盗运者一般有四招：一是绕道过闸（即绕闸）；二是乘守闸人员警惕性不高时冲闸；三是通过给守闸人员行贿或托人情"买闸"；还有一种性质恶劣的是事先打通关节办齐了各种手续公然过闸。这里面既有管理制度不完善造成的，也有管理人员素质太差所致。

当盗运木料者以前所未有、不可想象的速度将"绿色金子"从山里盗走的时候，山民们尚沉浸在大把大把的钞票构筑的迷梦之中。一旦森林毁尽伐绝，赖山生存的人们呵，你们准备吃石头、喝山风为生？"管他哩，你不伐点挣俩钱，也会被别人伐去。地里不长庄稼，又无啥经济来源，不伐点钱还咋过？"一位四十多岁的红脸膛汉子大大咧咧地对我说。如果一味地将责任推到山民们身上也不太公平，虽然政府每年要拿出相当数量的返销粮来赈济山民，但大部分山民仍生活在贫困线上。

1988 年 8 月 7 日，一场特大暴雨以前所未有的态势猛然袭击了西部山区的背孜、瓦屋等地，暴雨足足持续了七个钟头，降雨量达 2000 多毫米。一时间，房倒屋塌，田园被毁，仅背孜乡，就有四千多亩耕地被水冲，沙压，两千多间房屋倒塌。灯草沟自然村，仅二十一户人家，除三户住在地势较高的山岗上外，其余全部冲毁，一人死亡，近百口人无家可归。在这次劫难中，背孜乡供销社直接经济损失 20 多万元。一位八十多岁的老人拄着拐杖仰天感慨："我活这么大年纪，还没有见过这样大的暴雨。"对此，省市报刊电台都先后做了报道。日益严重的水土流失，使山民们赖以糊口的耕地日见瘠薄，大山露出了嶙峋狰狞的怪石，张牙舞爪。

河床在加宽，水源在枯缩。旱季，大河断流，河床龟裂；汛期，浊浪排空，肆虐成灾。此外，在荡泽河上游的蜡台、瓦屋等地建成了一批石墨选厂，成千上万吨废水倾倒在河里，顺流而下，稠嘟嘟，黏腻腻的污水所到之处，河道淤塞，禾苗枯萎，水生浮游物、甲壳类动物死灭殆尽。沿岸山民们只有骂娘的份，而对日益严重的河水污染也无能为力，徒唤奈何。昔日那清澈碧透的泉水只有借助周公来寻找罢了。

我伫立在祖石露脉、干枯委顿的山头，直想哭，哭大自然，也哭人类。我实在找不出合适的语言来表达此时此刻的感受。

七十年代初期，"备战备荒为人民""绿化祖国，实现大地园林化"等战略性口号也曾在客观上抑制了毁林垦荒风，那时，村村有林场，队队有技术员，满山的野生林果资源为发展林果经济带来了广阔的发展前景。短短几年，几乎队队都有了收益，有的还十分可观。背孜村一等残疾军人范乃功，解放战争时期为解放登封失掉了一条腿。退役回乡后，他身残志不残，坚持参加生产劳动，当过记工员，干过生产队长。1972年他自告奋勇担任了生产队的林业技术员。他拄着双拐，春夏秋冬奋斗在荒山上。晴天一身土，雨天一身泥。为嫁接果树，他曾多次从悬崖上摔下，遍体鳞伤，有次，要不是家人寻找及时，他差点把命撒在荒僻的山沟里。几年过去了，他硬是以常人难以想象的力量，以蚂蚁啃骨头精神嫁接了一万余棵枣树、梨树、柿树等，栽种梧桐、刺槐等树木一万多棵，使那满山架岭的荒坡变成了葳蕤着勃勃生机的花果山，从1974年始，生产队连续几年收入都在数千元。

当我在一间低矮杂乱的杂货铺找到这位年近七旬的老

人时，这位为中国人民的解放事业而献出一条腿的荣誉军人竟黯然神伤了。还提它干啥，山林已分到一家一户啦，他说。毁了，全毁了，孩子，你抽空到山上转转，看还能看到什么，他说。如果让我干到现在，那树也许会有一搂粗细了，他似是自言自语。我鼻子一酸，眼泪吧嗒掉在了笔记本上……

（1988 年冬）

鲁山红腹山鸡

神奇喀纳斯

　　知道喀纳斯是从媒体有关喀纳斯"湖怪"的报道开始的。

　　2012年金秋时节，我终于有幸随市总工会组织的劳模考察团前往新疆学习考察了一周，时间虽短，但新疆那独特的西域风光和民族风情给我留下了深刻的印象。而最令人不能忘怀的当属神奇而又美丽的喀纳斯湖了。

　　喀纳斯湖位于新疆最北端的喀纳斯自然保护区中部，蒙古语，意为"神秘而美丽的湖"（圣水）。我们从美丽的边陲小城布尔津乘大巴向北进发，两个小时后穿越茫茫戈壁，进入属于阿勒泰山脉的喀纳斯自然保护区。虽然是多云天气，但太阳时隐时现，连绵起伏的阿勒泰山脉和远方的戈壁更显雄浑、苍远。刚翻过通往喀纳斯湖的一架高山，天说变就变，竟纷纷扬扬飘起雪花来。导游小陈兴奋地说：

"这是喀纳斯地区下的第一场瑞雪，你们运气好，说不定还能看到湖怪呢！"隔窗望去，瑞雪已把远方的山顶涂白，云缠雾绕，忽隐忽现，而山腰下却是林木葱茏、绿意盎然；山坳里分布着大大小小的草场，一座座蘑菇状的白色毡房点缀其间，一群群的牛、羊、马和骆驼在飘着雪花但仍满眼青绿的草地上悠闲地吃着青草，牧人们骑着马在不停地巡游着，好一派迷人的草原风光！未到喀纳斯湖，我们就已初步领略到喀纳斯景区的秀美神奇了。

到景区小镇贾登峪已是下午两点多，我们匆匆吃过午饭就换乘景区车辆过卧龙湾、月亮湾、神仙湾等各具特色的景点来到了观看喀纳斯湖的最佳地点——骆驼峰的半山腰。骆驼峰顶建有据说可以看到湖怪的观鱼亭，观鱼亭为三层的木制建筑，顶部带有飞檐，犹如一顶圆形官帽，山腰面向喀纳斯湖山脊修了一条通向山顶的木制栈道。这时，天空骤然黯淡下来，冷风夹着大片大片的雪花扑面而来，顷刻间天地一片迷蒙，喀纳斯湖若隐若现，更显神秘。由于来时没有携带厚衣服，即使把所带的换洗单衣全部套上，也仍冻得直哆嗦。但喀纳斯的神奇鼓舞着我迎着风雪，沿着栈道奋力向山顶攀去。一千余个台阶不到半个小时我就登顶了，把同伴们远远甩在了后面。登上观鱼亭，虽累得气喘吁吁，但身子也热乎了许多。说来也神奇，几阵大风吹过，太阳突然露出脸来，不一会儿工夫，云开雾散，飞雪逐渐停止，一幅奇异曼妙的景色呈现在眼前。但见喀纳斯湖呈豆荚状镶嵌在山谷中，在太阳的照射下，湖水呈微带绿色的乳白色，并随着光线的变化，一块深，一块浅，一会儿暗蓝，一会儿灰绿，变幻无穷，犹如一幅巨大的调色板；高大挺拔的雪山上裹挟着一团团白云雾岚，在阳光下闪耀着迷人的寒光；两岸山上的白桦树、西伯利亚落叶松、欧洲白杨以及不知名的植物在秋风的涂抹下，金黄、黛绿与紫红交织，五彩斑斓，美不胜收。远方图瓦人尖顶的木屋隐约可见，别具风情。悠悠的白云、挺拔的雪山、蓊郁的林木以及变幻无穷的湖水构成了一幅神奇而又迷人的自然画卷，让人赏心悦目、叹为观止。就连山中的空气也是清新湿润的，深深吸上一口，沁人心脾，五脏六腑都被涤荡得干干净净、舒舒坦坦。"看哪，湖怪出现了。"这时，不知谁叫了一声，山顶上的人一齐把目光投向了湖面，只见北边湖面上出现了一个灰色的小点在快速移动着，后面拖着一条白线。等慢慢走近了，才发现是一条游艇，大家虽感失望，但也平添了几分神秘。有人说喀纳斯"湖怪"是一种名为哲罗鲑的"大红鱼"，也有人说是一种尚不为人所知的新物种，至今虽无定论，但也以其特有的神奇吸引着人们不停探索大自然奥秘的步履……

　　下山后，我们进入了森林蔽日的泰加林廊道，泰加林一词最初来自俄罗斯语，指极地附近与苔原南缘接壤的针叶林地带，以西伯利亚云杉、冷杉、红松和落叶松等针叶树为主要树种。廊道全长 4.5 千米，浓缩了西西伯利亚泰加林的精华。她西临波光粼粼的喀纳斯湖，东临巍峨的高山，廊道内大树参天，松萝垂挂，穿行其间，让人有种曲径通幽、情思无限的感觉。走出泰加林廊道，我们来到了喀纳斯湖边，乘游艇向据说是湖怪经常出没的三道湾进发。喀纳斯湖沿岸有六道向湖心突出的平台，形成井然有序的六道湾，湾湾秀美，湾湾神奇。返舟湖上，湖光、山色，尤其是岸边大片大片金黄色的白桦林，间以紫红色的欧洲山杨，使人恍如进入童话般的世界，如诗如画，如梦如幻。喀纳斯湖面海拔1300多米，最大湖深180多米，是我国最深的湖泊，三道湾就处于喀纳斯湖最深处。游艇特意在此停留了几分钟，大家不停地拍照，眼光也不停地逡巡着，期待着能幸运看到奇迹的突然出现。虽然最终也没能看到湖怪的影子，但是我却体验到了有生以来从未体验过的神奇，也真切地感受到了祖国大好山河的壮美！

当我们离开喀纳斯湖时，天空又纷纷扬扬飘起了雪花，回头望去，神奇美丽的喀纳斯湖再次迷蒙在神奇的暮色里。

（2012年12月）

心之悔

　　我起了个大早，匆匆吞下白开水泡的半拉子馍，即向车站赶走。

　　自从考上函大，我便隔三岔五地奔波在家乡与县城之间，以参加面授。

　　天空飘着小雨，如丝的细雨飘飘忽忽，摇摇曳曳，扯得我思绪纷乱。年迈的父母，家境的艰窘，体质的孱弱，"二十大几啦，上函大，笑话！"……要不是熬过了两年，骑虎难下，我真会撒手不干，混过此生。

　　山林的小站在蒙蒙的雨晨显得异常清冷，行人稀稀。我挤在临街的屋檐下，听几个等车人愤愤地诅咒这恼人的雨天，责怨那误点的班车。

　　"春儿。"亲切、熟悉的声音传进了耳鼓，我的心湖荡起了一层温馨的涟漪。我一扭头，母亲已站在了我的面前。她手撑一把断了几根伞骨的雨伞，褪色缀着补丁的裤腿溅满了泥水。

"妈，你来干啥？"

"你只吃半拉子馍真行？几小时的山路呢！给，把这个馍拿着车上吃。"母亲说着把手绢裹着的馒头递在了我的眼前。

"我吃饱了，你拿回去吧。"

母亲似乎不高兴了，有点生气地说："你看这孩子，快拿上。"

望着别人说不清是嘲弄还是什么意味的目光，死要面子的劣根性在我周身血液奔涌起来，我不耐烦地推开母亲递过来的馒头，有点气恼地说："我是仨生小孩？吃饱就是吃饱了嘛，谁还吃这个干馍蛋儿！"

母亲缩回了手，呆呆站在雨中，浑浊的目光显得迷离了。

见母亲发愣，我有点后悔起来，但表现出来的却是不冷不热的一句话：

"妈，你还有别的事吗？"

"没有了。"母亲轻轻叹了一声。

"没有事你就回去吧！"

母亲犹豫了一下，终于还是蹑蹑踩着泥泞走了。

雨朦胧，雾朦胧。

望着母亲远去的背影，我忽然感到了良心上的不安，我也许是第一次窥见了母亲那霜染的白发后面隐藏的辛酸，眼睛不禁有点湿润了。我别过脸去，任愧疚作践。同时，一种勇气、一种激情也在我心头潜涌起来。

（1988 年 4 月）

1979 年作者家庭照。前排从左到右：四弟全玉、母亲禹云霄、父亲邢庭亮、姐玉珍（怀中婴儿是大侄女首燕）；后排从左到右：作者、二哥中玉、大哥留玉、大嫂曹盘

黄　昏

太阳西斜，和煦的阳光照得我心头痒痒的。我耐不住久在校园的郁闷，步出校门，渡过荡泽河，登上了佳木葳蕤、槐花飘香的东山。

夕阳已羞涩地收敛了最后一缕余晖，春深的山野变得凝重起来，透出一种说不出的情趣。远山近岭，苍苍茫茫；暮霭云岚，弥漫四合。那海涛般一浪一浪涌过来的山峰，直逼眼底，少不得使人胸襟开阔、荡气回肠。

我踏着这醉人的黄昏的梦，顺着荫蔽于林间的蛇形小径，寻觅我逝去的、遥远的儿时的记忆。那时，这山野可是我们小伙伴的天下，岭岭峁峁，沟沟岔岔，哪里寻不见我们嬉戏的足迹？捉迷藏，挖野菜，拾柴火，摘酸枣……一幅多么明净瑰丽的画面啊！岁月逝去了，那属于我的记忆已经让位于孩子们了。我想，孩子们一定会比我更热爱这哺育他们成长的山野，也一定会留下比我更深更美好的记忆吧！一阵山风吹来，送来了股股馥郁的带有甜味的清香。我不觉深吸了两口，立时犹如畅饮了几杯玉液琼浆，直透肺腑，止不住有点沉醉起来。我迷离着眼透过树隙望去，远远近近白灿灿的刺槐花开得正盛，一树一树的，漫山遍野。要不是怡人的暖风提醒我，我准会以为下了一场瑞雪呢！浓浓的暮霭铺天盖地漫卷过来，林间笼罩着一层神秘的绿色的雾，归巢的小鸟也停止了日间的啁啾。我放缓了脚步，生怕破坏了大自然这特有的恬静与和谐。一团团绒球似的小花儿在小路旁晃动着身子，一颤一颤，很是惹人爱怜。我俯下身子，小心翼翼地掐一朵捧在了胸前。不料，手无意一触，花便碎了，马上随微风轻扬开来。啊，是种子，是成熟的种子！我知道她是寻找她的归宿去了，只要扑入大地的怀抱，气候一到，她便会生根、发芽，拼着绿色报效春天……望着望着，我竟被这崭新的意境深深地感动了，两滴清泪竟制不住滴在了我手中的花茎上。我晃晃悠悠，一时竟迷失了归途，辨不清了南北。这可是自己以前很熟悉的山岭啊！我冷静了一下，抬起头。远处耸入云霄的九峰山隐约露出了一线轮廓，先行的星星也正调皮地眨着眼睛。我终于找到了回归的路径，心中却不禁又遗憾起来：倘若能使自己迷入山野，迷入这赐给自己生命和肌肤的大自然，一小时、两小时，一天、两天，以至永远，那该多好啊！

我涌着暮色，不觉想起了古人造的"日暮途穷"这

个词，总觉得它有点俗，有种令人窒息的感伤情调，还是
"老夫喜作黄昏颂，满目青山夕照明"充满亮色，辉映着不
屈前行的人生。

黄昏，画一般迷人，诗一样含蓄，警句般充满哲理！
不信你看，那东方微露的长庚不正是牵来万道霞光的启明
星吗？

（1987 年 5 月）

邻居英敏

　　他和我是隔邻。

　　七岁时，上学途中，斜冲而至的大卡车轧碎了他的左腿。于是，一个美丽多情的童年梦破碎了。

　　他那丧偶的父亲为此变故哭瞎了一只眼，多皱的脸庞蒙上了一层苍老。

　　我怜悯他，总是有事没事到隔壁和他玩耍。虽然他难得露出笑容，但是看得出他内心里对我是十分感激和信任的。

　　后来，他初中没毕业就辍学，坐在了父亲为他开办的杂货铺里。我知道他难再上学了，心中有种说不出的惆怅。每次从街上走过，我都见他傻坐在柜台前，神情愈发木然，看见我也只是微微颔首，付以凄然无奈的一笑。

　　"瑜哥——"那天从街上走过，猛听一声响亮的叫喊。

我见他正坐在生意铺中，脸涨得通红，神情激动。

我在他对面坐下，为这新奇的发现而兴奋。

"瑜哥，我问你件事——"他嗫嚅起来，两只手在胸前搓来扭去。

我不解地望着他，不知他在搞什么名堂。

"瑜哥，这话我可没对任何一个人说，"他极力平静了一下，"我喜欢上了一个人。"

"那有什么奇怪。"我笑了。

"不，不是那个意思。我是说，从和她见第一面起，我就喜欢上了她。她是我见过的最好的姑娘。"他斟酌着字句，不安地扫着我，"像我这样一个人，不知道还能不能爱——"

我深为惊讶他怎么说出这样的话，他低下头来："我知道我不好，不该有这样的想法。你知道，她是你们学校张老师的妹妹，来咱这里学缝纫已经半年了。"

"她认识你吗？"

"不认识。"他不情愿地嘟哝了一句。

我内心十分好笑，张老师的妹妹，我是再熟悉不过的了，那是个开朗活泼、美丽大方的姑娘啊，有不少富有才华的小伙子在追求她呢！就连我——别癞蛤蟆想吃天鹅肉了。

心虽这么想，但我觉得他十分可怜，就极力寻找着安慰他的字眼："爱一个人总是好事嘛，不过——"不过什么，连我也没下文了。

一个阴冷的雨夜，他拄着拐杖来找我，神色显得十分张皇和沮丧。

"瑜哥，听说她就要出门（出嫁）了。就要有一个男人了。"他竟然哭了，犹如一件珍爱的宝贝被人打碎了一般。

我感到惶惑和怅然，一句话也说不出来。良久，他抬起头来，怔怔望着我："瑜哥，你说，我还能再见她一面吗？"

陡然间，我心中涌起了一种莫名的敬意和感动。

"能，一定能！"我苍白无力地说了一句，默默祝愿他能在心灵的圣坛上永远保留着那个美丽的形象。

（1985 年 9 月）

荡泽河畔文学社

那是 1984 年的中秋节，我与在乡政府工作的小申一同来到荡泽河畔赏月。风清月白，流水潺潺。我俩沉浸在这曼妙的诗情画意之中，惬意极了。突然，小申转向了我："小邢，你看咱这里地处偏僻，消息闭塞，如果成立个文学社，把爱好文学的青年都组织起来，那该多好啊！"一句话打动了我的心，我何尝没有这个念头呢！我马上拉着小申找到了几个文友，向他们述说了我俩的打算。哪料，文友的心是相通的，一拍即合。不久，荡泽文学社就在荡泽河的上游——背孜乡孕育而生了。

文学社成立以后，在乡党委、乡政府的支持下，我们健全了组织，制定了一整套规章制度，并积极在荡泽河流域发展会员。我们知道，时间对于我们这些业余搞创作的人来说并不是慷慨的。比如，每逢文学社理事会例会，不是这个因公事出差，就是那个工作繁忙走不开。鉴于此，我们总是把例会放在深夜进行，甚至时常夜已过半人才陆续到齐。尽管如此，我们热爱文学的热情却有增无减，无形中也磨炼了我们与时间赛跑的意志。

文学创作的路并非笔直的大街，它的坎坷性、曲折性，决定了立志创作人必须为此付出代价。我们深深懂得这一点，既然决心下定，那就要风吹不散，雷打不动。为了有效地获取文学信息，提高写作水平，取长补短，我们一发现有较好的作品，就马上推荐给文友们传看，有时还一起共同欣赏。精妙的地方反复咀嚼，反复研讨，甚至还常常会为一个有疑议的地方争得面红耳赤呢！每隔一段时间，每人都要拿出自己的"力作"来让大家品评，发现问题毫不留情地当面指出，及时修改。好多次，我习作中的那种"学生腔、八股调"都受到了文友们诚恳的批评，使我获益匪浅。

短短三年过去了，荡泽河文学社的成员共在省、市、县报刊、电台发表作品50多篇，包括小说、散文、诗歌、报告文学等。王民权同志还应邀参加了市文联举办的文学创作座谈会呢。

（1988 年 4 月 22 日）

牛郎织女赋

　　彩锦妙展天宇，金梭巧投人间。诚厚良善牛郎，喜与玉女结缘。女织男耕恩爱，儿女绕膝承欢。王母强拆鸳鸯，离隔天河两岸。一水盈盈，难阻坚贞不渝；银河迢迢，未泯经年思念。金风玉露两情久，虹飞桥渡鹊鸟连。四大凄美传说，牛郎织女为冠。诗词歌赋，千秋颂传。心香一瓣到瑶台，忠贞爱情植民间。

　　追溯发祥，氏族萌芽，秦汉雏形，多元民俗起源鲁山。滍堨肥沃，最宜放牧耕种；鲁峰耸翠，正合织丝养蚕。葡萄藤葳蕤多姿，姑娘花摇曳烂漫。九女潭水澈情深，牛郎洞遮风御寒；南天门担子追妻，七星图星接银汉；瑞云观缭绕紫气，玄武塔镇守方圆。孙义村立孙氏祠，九女庙建灵霄殿。认祖归宗，尊牛郎始祖；天庭攀亲，唤玉帝外公。孙氏后裔，情思绵绵。

往事越千年，古邑开新篇。举地域形象，展文化内涵。"中国牛郎织女文化之乡"，花落鲁山。七月流火，民俗荟萃；邮票首发，婚庆博览。三月山歌节传唱人间幸福，七夕古庙会演绎牛女情缘。盛世欢歌，祈爱情美满。

百代无更，鲁之名也；楚塞要冲，鲁之地也。泱泱华夏，人淳地美者，首推鲁山也。尧山巍巍孕墨子，鲁峰峨峨起仙缘。远眺近瞰，八景之首，一山环翠，势压群峦。

作者在牛郎洞前向专家介绍鲁山牛郎织女文化

新城耀金，电网密织，湍水如练；南水北调，一渠碧泓，天河新衔；西气东输，郑尧飞速，高铁斜穿；物阜民丰，百业勃兴，俊杰璀璨。叹曰：牛郎故里，毓秀钟灵民风淳；织女情地，祥云普照焕新颜。

天上人间，弦歌雅韵。歌咏斯地，厚德载物。莫道梓乡创辉煌，民间文化永灿烂。承日月精华，启美好明天。

（2016 年 2 月与袁占才同志合写）

想马河（诗两首）

暮春想马河

万山绿中点点红，杜鹃啼血不老情。
峰随溪改看不厌，鹰崖悬瀑露峥嵘。

想马河听瀑

轰轰然然出云岫，千古鸣奏何所求。
琴心弹出两岸春，荡尽浮生烦和忧。

（2014 年 4 月）

第二编　乡村纪事

生活中，总有那些人、那些事使你感动，
每当记起他们，心中就会增加许多正能量……

青春似火

李富弘今年 27 岁，是鲁山县背孜乡盐店村的一位民办教师。

他右脚轻度颠跛。那是五岁时患小儿麻痹落下的后遗症。他的学生生涯是在"文革"中度过的。满天繁星的夜晚，早已熄灯的教室里透出一丝微弱的煤油灯光，李富弘还在认真学习着。别人写大字报，他却躲在草坡上贪婪地读书；别人臂戴袖章"造反革命"，他却安然地躺在床上背诵唐诗宋词。那些日子里，唯一使他感到充实的，是那些被别人抛到一边的铅字课本。

1975 年夏季，年仅 18 岁的李富弘高中毕业了。他身背行李，一颠一跛地离开了学校，大队党支部向他伸出了温暖的手，让他在本大队小学当上了民办教师。

1977 年，全国恢复了高考制度。

沉默寡言的李富弘以优异的成绩被预选上了。人们是多么为他高兴啊，纷纷向他祝贺。但是，在县城参加体检时，他被刷掉了。他心情沉重极了，一连几天不吃不喝。

1979 年、1980 年，他两次被中师预选上，但都没有被录取……

连续三年高考落选，他却更坚定了信心：无论在哪一条崎岖的山路上攀登，自己都要发光发热，努力登上理想的高峰。

他一颠一跛地回到了家里，望着还像平常那样沉静，脸膛上还挂着笑容的儿子，父母亲伤心地哭了。他安慰父母说："爹、娘，上大学不是为了多学点知识、为人类造福吗？我在家当民办教师，不是照样能为国家出力吗？"

1981 年夏天，李富弘在领导和同志们的一再催促下，到医院动了手术。他在医院住了不久，就再也待不下去了。心呀，早已飞到了家乡的小学里，飞到了那些天真可爱的小朋友身边。还没等伤口痊愈，他便缠着医生开了个出院证明，一瘸一拐回到了学校。

正值阴雨季节，山洪暴涨。浑浊的洪水常常把河对岸的学生拦住。由于手术后感染，没有痊愈的伤口疼得像锥子扎心一样。可看着孩子们那样危险地来回过河，富弘再也坐不住了。他鞋子一脱，连补满补丁的裤子也没挽一下就跳进了大水里，用手紧紧地拉住孩子们，一趟又一趟接送孩子们过河。一次，看到李老师那被浑水泡胀后流着脓血的右脚，一个学生忍不住扑在他的怀里大哭起来："李老师，明天不要再接送我们了，你应该爱惜自己啊！"李富弘轻轻摸着小同学的头，微笑着说："好孩子，你们只管好好学习，我没什么。"

这天晚上，他失眠了。伤口热辣辣地发痛，痛得他不停地翻转身子，而他却感到了从未有过的欣慰。山里的夜寂静极了，只听到校前小溪里的泉水在哗哗地流着，偶尔还可听到几声蛐蛐奏出的音乐。李富弘索性坐了起来，点着了煤油灯，又备起第二天的课来。他总有一个倔脾气：当天的备课任务当天一定得完成，绝不拖拉到明天。他忍痛坐在办公桌前，唏嘘着揉搓了一下肿得发亮的右腿。汗珠不住地从额上滚下。

突然，隔壁学生宿舍传来了呻吟声，是不是谁病了？他打开屋门，手扶墙壁摸到了学生宿舍窗前，看见几个学生正惊恐地围着一个不住呕吐的同学。他忘记了右脚的疼痛一边招呼几个学生去请医生，一边急忙回到住室为学生烧开水。二十分钟过去了，在医生和李老师的亲切照顾下，学生才转危为安，富弘又给病人一勺一勺地喂了一碗面汤。

等大家都安然入睡了，他才走回办公室。刚一进门，他就觉得眼冒金花，身子一歪摔在了床边，一手碰住办公桌上的书本，把书本碰撒了一地。

凉飕飕的山风从门外吹来，把地上的书本刮得哗哗乱响；雄鸡的啼鸣换来了黎明。他被惊醒了。他睁开眼睛，原来自己躺在地上！他扶住凳子勉强站起身来，吹灭了行将燃尽的油灯……

李富弘为了孩子们，呕尽了心血。但对自己的家庭大事却极少考虑。他知道，如今只做一个"热心"的教师是不够的，还应该在热心前面加上"合格"二字才行。其他教师离校了，他却独自一人在校园里打扫操场，批改作业，然后坐在小溪旁默默地看书备课……

碧绿的伏牛山逶迤连绵，清清的石板河水哗哗流淌。在近十年的教学生涯中，李富弘所教的班级年年升学率都在百分之九十以上。他年年当班主任，年年送毕业班，年年被乡、村评为优秀教师。人们给他胸前戴上了大红花，那红红的花儿把他那副憨厚的脸膛映衬得格外红润、好看。他像蜡烛一样，燃烧着自己的青春，照耀着孩子们的锦绣前程。

（1984 年 11 月）

悠悠大山情

——记鲁山县背孜乡中心小学民师田丰时

老田，您都六十大几的人啦，放着清福不享，硬要钻到深山里去当民办教师，到底图个啥？您就是在家摆个纸烟摊儿不也比当民师强吗？

是啊，你家住县城，三个儿女已参加了工作，可以整天看看电视，逗逗孙孙，颐养天年啦！你何必跑到山里折腾，难道你的慢性气管炎还不够严重吗？

1979年，你在山里任教育专干的同学找到你，希望你能进山任教："那里太缺乏教师了！"几次登门，一片挚情。你受不住了，摆脱了亲友的阻拦，辞去了人们羡慕的大队会计职务，背起铺盖随那位同学走了。初来乍到，满目凄凉：重叠的荒山，破败的校园，尖厉的山风，粗粝的饭食，鼻涕大长、衣服褴褛的山娃……你被山乡的贫穷惊呆了，但没有退缩，头一低，你钻进了低矮昏黑的办公室。

真想不到，险峻的伏牛山和天真的山娃竟从此牵住了你的心，你把爱全部给了他们。那年暑假回城，当家人背着你，将你的行李铺盖卷回来时，你大骂一通，摔碎了茶杯，拿起行李，头也不回又乘上了进山的班车。你说："人得讲良心。在那里，缺菜山民给我拿菜，没烧的给我送柴，村干部隔三岔五探望我，上级拨下救济款、统销粮，不等我张口就给我送到学校。我能就这样轻巧地一走了事吗？"

八年了，你担任过四年教导主任，两年班主任，不管是做什么工作，你总是勤勤恳恳：每天你第一个起床，每晚你又是最后一个休息。八年来，你没有耽误过一节课。前年冬天，你喘得透不过气来，校长劝你养病，而你执意不肯。一堂课下来，常常喘得你直不起腰，豆大的汗珠满脸滚，有次竟差点虚脱过去。但是你没叫过一声苦。你真是在用生命点亮孩子们的心！

四年级那两班是全校有名的"老大难"班，基础差，纪律差，在全乡统考中，数学是倒数第二名。你主动要求，接任了这两班的数学课。你因材施教，又谈心，又家访，星期天将基础较差的学生集中在一起，认真补课，耐心辅导。班里的学习风气大变。这年期终统考，四年级数学在全乡名列前茅，连昔日的老后进生也都突破了80分大关。

田老师，你用心血换来了山民们的爱戴。年年被评为村、乡优秀教师，去年还光荣地出席了县级优秀教师表彰会。你把魂儿完全交给了大山。当儿女们埋怨你不顾家、不要子孙的时候，你也曾有过深深的歉疚，你说："放心吧，等这一届送毕业后我一定回。"然而，当汽车载着你驶向大山时，你却在心里说："这一届送毕业还有下届呢！"

（1987 年 11 月）

深山"不倒翁"

——记鲁山县背孜乡中年教师匡中安

医生说，你的生命最多可延长 3 年。然而，16 个年头过去了，你并没有倒下，而且还信心百倍地生活着。

医生警告说，肺叶被切除了五分之三，将意味着终生残废，即使康复，也只能做一些适量的工作。然而，出院不到一个月，你便拗着性子奔赴了教学第一线，班主任、总务、校长，样样拿得起放得下，甚至连年来你的工作量都超过了正常人所能承受的最大负荷。

你说，当年国家送自己进师范深造，可不是为了让自己享受照顾。你说，为了给自己治病，国家花了那么多的钱，自己若不拼命干，怎对得起国家？你太实在了，实在得就像咱山里拉犁负重的黄牛，"纵使筋断骨头碎，魂魄犹为孺子牛。"

　　1959年师范毕业，你二话没说就回到了这闭塞的山乡。青春正盛，血气方刚，你甘与大山为伍，吞吐着山风，抵御着贫穷。从此，三尺讲台成了你的用武之地。"听匡老师讲课，简直是一种奇妙的艺术享受。"同学们谈起你，至今还兴犹未尽地说。你成了区里令人瞩目的优秀教师。

　　然而，正当你踌躇满志向着更高境界迈进的时候，病魔却毫不留情地光顾了你。你吐出了大口大口的鲜血，晕倒在了讲台上。

　　你被确诊为肺癌。家人震惊了，师生们震惊了。从县城到洛阳，从洛阳到渑池军医院，又从渑池转到郑州，连医生们也震惊了！这是新中国成立以来罕见的病例，肺叶近五分之三已经坏死，病灶还在不断蔓延。

　　面对死神，你却出奇地冷静，你毫不犹豫地给河南医学院附属医院领导写了一封言辞恳切的信，希望他们大胆做手术，只当做个试验。"我活着没有为国家做出多少贡献，死后愿把尸体献给国家，解剖研究……"

　　医院领导感动了。他们在全院职工面前读了你的信，最后，决定集中骨干力量来做这一手术，并从其他两家大医院请了两名权威大夫前来协助。手术整整进行了12个小时。

　　三天后，当你终于睁开了沉重的眼皮时，你才确信奇迹在你身上发生了。你没有死去，你还活着！听了妻子的述说，你这位坚强汉子竟激动地哭了，为医生，为同事，为不知名的献血者。

1972 年 8 月，你耐不得医院的寂寞，死缠着医生开了个出院证明，怀着新生后的喜悦，回到了家园。在家休养不到一个月，你便再也躺不住了，你顾不得医生的再三警告，软磨硬泡让领导给你安排工作。无奈，领导只好让你来到乡中担任了收发员。谁知，你得寸进尺，刚进校门不久，又硬让学校给你另加了两个班的地理课。从此校园里重新出现了你那忙碌、瘦弱的身影。1978 年，你自告奋勇到当时全乡条件最差、教学质量最低的孤山小学担任了校长。几年工夫，你这个病恹恹的"残废"竟使孤山这个人人头疼的山村小学旧貌换了新颜。1983 年，在许昌地区组织的校舍大检查中，孤山小学被评为一类学校；1984 年全乡统考，你所教的那个班级考试成绩名列全乡第一。

命运之神好像要用百倍的灾难来考验你的意志似的。1984 年秋后的一天傍晚，你放学回家带干粮，不慎跌断了右脚脖，从而把你那颗火热的心又一下子推上了病床。

然而，一个月后，你又拄着双拐站了起来。

"他妈，我要上学校去了！""什么？你不要命啦？"正在刷锅的妻子火了，把你搡到屋内按在了椅子上，劈手夺走了你赖以活动的双拐。一时间，你也火了，你喘着粗气，从门后拉过一根木棍，一瘸一拐，连看也不看委屈得直掉眼泪的妻子，就走出了家门。

山风习习吹来，轻柔地抚慰着你那发烫的脸庞。你后悔了，你觉得不该刺疼妻子的心。为你，为这个家，妻子受了多少累，吃了多少苦哪！照顾自己，照顾孩子，照顾年迈的父亲，还有那赖以糊口的责任田，哪样没有压在妻子弱小的肩上？结婚20多年，妻子没穿过一件像样衣服。你深感对不起她，你清醒地觉得自己在家中不是个好丈夫，不是个好爸爸，不是个好儿子。

荡泽河在淙淙流淌，律清韵远。这条将家与学校阻隔的小河啊，深情地记录着你那一步一颠艰难的足迹，清晰地铭刻下你一次又一次摔入冷水中的履历。由于你寒冬腊月一趟趟将棉靴挂在肩上用双拐蹚水过河，乡政府老杨诙谐而又感动地说："匡老师，你是在演寇准背靴吧？"

悠悠16年过去了，你仍默默无闻、兢兢业业地奋斗在教学第一线，就像荡泽河水默默无闻地将甘甜的乳汁奉献给沿岸子孙一样，你用知识的琼浆哺育着山里的孩子。你不止一次告诫自己，即使是一棵小草，活着要用绿色报效春天；死去，要融入大地，肥沃土壤！

（1988 年 12 月）

作者教学之余积极采写新闻稿件

山道弯弯

——记鲁山县赵村乡税务所长王永贵

初次见到你，便给我留下了极其深刻的印象：大山般厚实魁梧的身骨，粗砺的山风锻冶出的古铜色脸庞，神态慈祥，出语豪爽。若不是那身税服，我真会以为你是一位饱经沧桑、热肠古道的老农。

面对悠闲与繁忙的抉择，你选择了税官

那是个如火如荼的岁月，从一片废墟上站立起来的共和国的灿烂前景，煽起了亿万中华儿女极大的创造热情，与天斗，与地斗，四海翻腾，五洲震荡。年轻的你也按捺不住一腔沸腾的青春热血，积极投身到了轰轰烈烈的建设

社会主义的洪流之中。

在赵村区供销社干了两年，你埋头苦干的精神及出色的成绩很快赢得了领导的青睐与群众的好评。你被调到区政府，成了一名政务干部……

人生，面临着许多机遇，也面临着诸多选择。

1969年，区政府从行政机关遴选税务干部。

区领导找到你，想让你充实到税务干部队伍中去；就在同时，县里一位负责工业的干部也多次捎信，打算调你去县城某家工厂去任职。

何去何从，将可能决定着一个人一生的命运。留在政府部门，牌子硬当，前途无量；跻身县城，更是一些人巴不得的。而你，一番慎重的思考后，毅然选定了当时地位低下、普遍被人瞧不起的"税官"。娘说："儿啊，不是娘觉悟低，咱人老几辈子安分守己，从不惹是生非。你干税务，要挣骂名的！"你说，国家的开支主要靠税收，这是项光荣而重要的工作，"咱只要按政策办事。搞好宣传，做好工作，群众是会理解咱的！"

你虽非党员，但也曾在党旗下举过手

当我问你何时入党时，你摇了摇头，说你还是个党外人士。

你苦笑了一下，说："我虽不是党员，但也曾在党旗下举过手，宣过誓。"

你出生在灾难深重的旧中国，新旧社会的强烈对比，使你对拯救万民于水火之中的共产党有着一种近乎原始的崇拜，能成为党组织中的一员更是你梦寐以求的愿望。参加工作不到两年，你便向党组织递交了一份入党申请书，用只有高小水平的朴实言辞，抒发了对党的一片挚情。很快地，你被组织上定为党的积极分子。

你永远忘不了那一天，你站到了鲜艳的党旗下，举起了拳头，成了一名预备党员，从而实现了人生的洗礼，获得了灵魂的升华。

你孜孜矻矻，乐而忘疲，生活在你面前洒下了一片璀璨的七彩阳光……

然而，左倾思潮的阴影，时时羁绊着年轻共和国的艰难步履，也困惑着一颗颗正直善良的心灵。想不到，你的关于改进工作的意见，你的不明趋向的辩白，竟激怒了当时的区组织部部长。部长一拍桌子，大发雷霆："我让你交出党证！"以交出党证相要挟！倔强的你一惊一羞，血胀脑门，不由分说拿出了党证。至今提起此事，你还带着深深的懊悔，你说，你那时太幼稚、太感情用事了。

虽然此后你一直没有再提入党的事，但是，党旗下那激动人心的一刻，时时如影随形，激荡着你那纯朴憨诚的心。几十年来，你始终以一个党员的标准严格要求自己，将党和人民的利益高高供奉于心灵的圣坛之上。你年年超额完成上级交给的工作任务，连年被评为县、局、乡先进工作者。你用自己不懈的追求实践着自己灵魂深处永不磨灭的铮铮誓言。

山道弯弯，征程漫漫

八百里伏牛山莽莽苍苍，逶迤连绵。山的皱褶里，繁衍生息着世代勤劳质朴的山民，三里一庄，五里一村。大山的宽厚无私，孕育了一代一代、一批一批建设国家的优秀人才。同时，人口居住的分散，环境条件的恶劣，也给山区工作者设下了道道坎坷曲折。

初干税务专管员，领导让你包管白草坪等12个行政村的税收工作。这里，山连山，沟纵横，"说话听得见，走路得半天"，地势险要，税源分散，是全区工作难度最大的片。这是组织上对自己的信任呀！没说的，你第二天就踏着晨曦进山了。

在区上工作的基础帮助了你，凭着路熟、人熟，短短几天，你走遍了所包片的沟沟壑壑，村村户户，初步掌握了税源分布情况。

打铁先得本身硬，要做好税务工作，既要透彻掌握税法，又要练就一套过硬的工作方法。黎明，你在晨曦里走访税户，夜晚，你就着油灯认真学习税法及有关文件。山，翻了一架又一架；鞋，磨穿了一双又一双。妻嗔怪你说："工作再重要，也得要家啊！"是啊，为了工作，你将农活及养儿育女、孝敬父母的重担一股脑儿压在了妻子肩上。家离税所仅仅三五里地，而你十天半月难得回家一次。你是个不称职的爸爸、不称职的儿子、不称职的丈夫啊！你抱歉地对妻子说："国家信任咱，努力为国家多增加一分收入是咱的责任，咱怎能只顾小家而舍大家呢？"

二十几年过去了，妻子完全被你同化了，她成了你的"铁杆后勤"，成了一名幕后英雄。去年十星级农户评比中，你家成了全村唯一的十星级农户，你明白，荣誉是属于妻子的。

白草坪往返七十余里，山陡路滑，你每月要跑三四趟。风里来，雨里去，摔了多少次跤，走了多少冤枉路，你已记不清了。那次，为了收取一个"难缠"商户的税款，你赤脚冒着大雨前往。当你满身泥浆站在这家商户门前时，主人先是惊讶，进而将你拉进屋，当即交齐了税款，他说："就凭你这股劲，我也不能再拖欠税款了。"

有年腊月，辛劳一年的人们都忙着置办年货，享受合家团圆的温馨。这时，也是收取屠宰等税款的时机，不料，你大腿患上了毒疮，每迈一步都锥心刺骨地疼。妻子劝你请个假在家安心静养，可你惦记着税收任务，坐卧不安，"不行，我得进山！"你一咬牙拄根木棍，不顾家人的再三阻拦，一瘸一拐出发了。路上，尖厉的北风嘶嘶吼叫着，几次将你打翻，而你一次一次爬起来，用毅力向自然及体痛做着顽强的抗争。当迎着除夕的炮声挨到家中，你躺在床上再也动弹不得，心疼得妻子直掉眼泪。税务局局长闻讯，专程赶来看望你。他激动得握住你的手，不住声地说："你出力了，你出力了，我代表税务系统感谢你！"

在人情与法律的天平上

当不正之风在社会蔓延、严重损害着党和国家声誉的时候，你把廉政建设摆在了转变机关作风的重要位置。你带领全所人员，针对本行业特点，制订了一整套廉政公约及措施，并把"送礼不收，请吃不到，说情不准，便宜不沾"十六个字作为全所立身处世、做好工作的行为准则。为有效地接受社会的监督，你又及时聘请了廉政监督员，每季度召开一次会议，虚心听取来自社会各界的意见及建议，适时纠正工作中存在的问题及弊端。

作为社会大家庭中的一员，谁也难以摆脱"人情"的困扰。然而，在人情与法律的天平上，你把理智的砝码压向了法。一次，汝州举报你一亲戚赵×贩窑梢漏税，你主动派人到汝州调查核实。这时，赵×找上门来，并托人送来了1000元现金。两天后，当赵×怀着侥幸心理又托人前来说情时，你脸色一变，将1000元钱及开好的税票甩到了赵×面前，弄得赵×及说情人尴尬万分，按规定补交了3200元的税款。

一天深夜，平顶山某肉类加工厂送来了几条烟、几瓶酒想让免去产品税。在劝说无效的情况下，你冲进浓黑的夜色，直接将"礼品"原封不动送到该厂办事处，使该交的税款及时入了库。

有多少次，有人趁你不在家将礼品送到家中，明智的妻子总是婉言相拒或撵到门外将礼品送回。妻子拒礼有一句颇为有效的口头禅，那就是："你有事直接见孩儿他爸去！"

有人说你死脑瓜，你说："收受贿赂，执法犯法，那才是死脑瓜，总有一天要事发被抓。"有人说你六亲不认，你说："不是我六亲不认，是国法六亲不认！"

在你的影响下，赵村税务所一班人作风正派，廉洁执法，仅一年来就拒贿6000多元，拒吃请20余次，被县局评为"双文明"单位，为全所赢得了声誉。

"身教重于言教"是你赢得信任与团结的法宝

你实在太平凡了，平凡得就像山中的一棵小草。清晨，你第一个起床，打扫卫生、安排一天的工作；夜晚，清结事务，钻研业务，你又最后一个上床。

无言的行动胜过一沓纲领，耳濡目染中，同志们视你如"圭臬"，马马虎虎者少了，得过且过者变了，睡懒觉者亦不复存在。

你说，工作是人做的，能赢得人心是比什么都重要的工作。平时，你心中时刻装着一个账本，谁家几口人，家境如何，有什么困难，你一清二楚。谁需要照顾，你及时研究解决；谁该回家收庄稼了，你尽量想办法安排时间。而对于自己，你却无暇考虑。在你面前，同志们无拘无束，无障无碍，有啥说啥，就连家庭闹点小矛盾，也会找你掂住布袋口倒倒呢！业余，你也并不是一副严肃面孔，整天价叫工作。甩甩扑克，下下跳棋，你也会和同志们一起尽兴才罢。

宽松和谐的气氛带来了全所的团结。同志们合拧一股绳，人人苦干，个个争先。已是两个孩子妈妈的吴小琴，是所里的会计兼发票管理员，还负责着国营单位的税收工作。为了不耽误工作，她干脆将家搬进了所里，以所为家。年年节节，她总是让同志们回家团圆，而自己甘愿在所里守"摊儿"。就连所里的拆拆洗洗，也被她"一篮子扛了"。

青年职工陈恩超，过去曾受到过不公平对待，思想情绪低落，一副无所作为的模样。你从二郎庙调任赵村税务所长后，主动接近他，一次又一次地谈心。终于，陈恩超被你的诚意感动了，他一拍胸脯，坚决地说："所长，你放心，我再不争气，立即辞退我！"从此，陈恩超像变了一个人似的，重活脏活抢着干，月月超额完成任务。一次，一辆三轮车拉木耳等山货从公路上驶过，陈恩超闻讯，只身骑上摩托车追去，七八里外才将三轮车截住。车主软硬兼施不成，被陈按规定收取了产品税。

还有何金星、曹利……每提起同志们，你都如数家珍，赞不绝口。所里年轻人多，而你却把他们一个个都团结在了身边，你说，你本人并没有多大本事和能耐，是同志们抬举你，如果没有同志们的努力，怎能取得如今的团结与成绩呢？同志们说："所长在所里资历最深、年龄最大；可他仍然每天忘我地工作着，想想他，我们又有何理由耍滑偷懒呢！"

国家财富就是一点一滴积累起来的

作为一名税务干部，你深知税收的重要性，深感肩上担子的沉重。你殚精竭虑，未尝稍息。哪该征，哪该减，哪该免，你严格按政策办事，锱铢必较。

地处深山区，税源零星匮乏，征收难度极大。你多次召开会议，商讨对策，努力开辟税源，力争将该收的税款全部收上来，涓滴不漏。

你把税网撒向了辖区内的角角落落，分片分项承包。

榴红柿黄季节，青年专管员申国强，骑着所里的那辆旧摩托，没日没夜地颠簸了四天，硬是将 360 元产品税一点一滴充实到国库里。

你的心目中，除了税收，还是税收。一条建议，甚或一句不经意的话，都会使你萦系于心，进而在灵感深处迸发出增收的方案。那天，一老农碰到你，闲聊中蹦出一句："老弟，对交易员（牛经纪），你是咋管理的，到底交易多少？有些交易员买牛不开票或少开票，你知道不？"

你哑然了。

你马上召开了交易员会，通过协商酝酿，制定完善了管理制度，并合情合理给每个交易员定了税收任务，超者奖，少者罚。措施一出台，漏洞堵住了，年终一结算，仅此一项就比上年增加税收 50% 以上。

老牛自知夕阳短，不待扬鞭自奋蹄

从赵村到二郎庙，从二郎庙到赵村。春花荣了又枯，枯了又荣，岁月的雕刀在你脸上刻下了深深的印纹，然而，你初衷不改，仍然默默无闻地奋战在税收第一线，既负责全面工作，又分包乡镇企业。你以年近花甲之躯奔波在崎岖的山道上。你说，国家培养了你，而你对国家的贡献太小了，你时时有一种紧迫感、压力感、负债感。你说，就是拼着命也要为国家的税收事业站好最后一班岗，纵使有一天猝然倒下，也要为后人留下奉献者的强音。是的，你已把魂儿完全交给了大山，交给了你所钟爱的事业，儿子就是在你的影响下逐步成长为一名扎根山区的税务干部的，那是你生命的延续啊！

人们提起你王永贵，无不称赞你为老黄牛式的税务干部。是啊，你既无惊天动地的业绩，又无轰轰烈烈的壮举，平凡、无名，是你的表征，然而，不正是像你这样一大批埋头苦干、鞠躬尽瘁的无名英雄才构成了民族的脊梁、撑起了共和国壮丽的大厦的吗？

采访归来，不知怎的，我的脑海中总是闪现着老黄牛拉犁负重的身影。我知道，那是你的化身，那是伏牛山的缩影啊！当夕阳涂满了漫天的晚霞，我恍然看到，那头黄牛正沐浴着红光，饱绽深情，在那片古老而又年轻的大地上默默向前躬耕着……

（1991 年 10 月）

从"累赘"到剪裁师

残疾人有残疾人的理想，残疾人有残疾人的
追求。

——题记

命运和他开了个不大不小的玩笑，刚刚四岁，正值天真烂漫、无忧无虑，一场小儿麻痹症却使他成了终身残疾，从而走上了与双拐为伍的人生旅程。然而，上天偏偏赋予他端正的五官，聪敏的脑瓜，这就更加重了世代为农的父母的忧愁与邻人的惋惜。

逶迤的伏牛山没有抛弃这个不幸的山魂，粗砺的山风把他锻造得牛犊般健硕。爬树，他能丢掉双拐来个倒栽葱"噌噌"挂在树巅；过河，他能挂着双拐似鲤鱼打挺跃过水面；那打弹弓更是他的拿手好戏，他会诡秘地将伙伴们招到跟前，"我给你们变个知了吧？""嗖"的一声，刚刚还在树间"知啦——知啦"的小生灵便"啪"地掉在了树下，在伙伴们傻愣愣的目光下，他会得意地骂句"笨蛋！"，然后哈哈大笑。他像只瘸腿的山鸡，整天蹦蹦跶跶，完全忘记了自己麻秆似细小的左腿，只有当小伙伴们恶作剧地将他的拐杖偷走，他借助双手往家爬的当儿，他才会感到自己是那么的孤单与弱小。

那天，他随哥哥从河里游泳回来，发现邻家的小伙伴们都神气地挎上了书包，他羡慕死了。他回到家缠住了父亲："爹，我也要上学，我也要上学啊！"老实巴交的父亲直愣愣地把刚刚八岁的儿子看了个够，然后一拍大腿，背起他就往离家一里外的村小学软磨硬泡入了学。

出乎父母，更出乎老师的预料，这个不起眼的"三条腿"竟在短短的时间内成绩直线上升，赶上并超过了班内的"佼佼儿"。春华秋实，光阴荏苒。他戴上了红领巾，他当上了班干部，他加入了团组织，他挂上了班团支书的头衔。然而，命运在他成为小伙子时又一次捉弄了他。只因他是残疾，使他在考取高中时被卡掉了。

他没有掉泪，也没有找谁说情。他反而好言劝慰父母，以自己的勤谨、笑脸驱散了父母脸上的愁云。

随着党的农村经济政策落实，山民们已从狭隘的小农圈子走向了世界，他激动，他欣喜。但是，看着同龄人一个个走出家门，下煤窑，跑广州，开四轮，捧回了收录机，推自行车进家的时候，他的心中又会涌上一种莫名的惆怅。

走过街头，更会从背后传来嘁嘁喳喳的议论：

"看，李家的孩子真可怜，别人的孩子都赚了大钱，而他还因在家中，靠父母养活。"

"唉，包袱啊，谁要是摊上这么一个儿子……

他的心阵阵发冷，他趔趄地迈向了漆黑的寒夜之中。呜呜的山风犹如世俗的嘲笑把他推向了野狼哀嗥的山崖，他的眼前一片漆黑。他仿佛听到了深渊的呼唤。"哗"一阵劲风，一溜碎石从他脚底滑过，他重重地摔在了岩石上。金星乱进里，他骨缝儿里的要强性格，"呼"地燃烧了起来。不！不能死，自己不能就这样死去！难道父母十七八年的辛苦换回的就是自己的一副尸骨吗？自己即使死也要死个名堂，让世人也看一看，他李治国虽然残疾了，但照样可以为人民做些好事，照样可以成为有益于社会的人！

1982年农历二月，当神州大地一个又一个令人振奋的信息炸响的时候，深居山沟里的李治国也偶然从收音机里听到了"焦作新李封剪裁技校招生"的广告。他的心一阵狂喜：自己干农活不行，学剪裁不是很合适的吗？况且山里缺乏剪裁人才，山民们裁衣做衣都要跑大远路程，将来……他一溜烟跑回了家。

灰暗、简陋的家犹如给了他当头一棒，把他击醒了：自己家境贫困，父母为自己治腿病欠下的外债至今尚未还清，自己哪能再增加父母的负担呢？他犹豫了，他处于极度的矛盾之中。

他的反常情绪被细心的父母发觉了，母亲把他叫到了膝前。在母亲的再三追问下，他不得不嗫嚅着说出了自己的打算，满头银发、老诚质朴的父亲听了儿子的陈述，感动的胡子抖抖乱颤："孩子，爹支持你，即使家境再困难，爹娘也支持你啊！"他像小孩一样哭了。

三月，当春风染绿了柳梢，中原大地处处萌动着希望的时候，李治国带着村委会开的介绍信，带着亲戚及邻居凑来的二百多元钱，也带着一颗火热的心来到了焦作市。

三十多个日夜，不知不觉在他的瞳孔中消失了，他留下了山民的勤劳、朴实，也留下了残疾青年的刚强，揣着七十多种服装款式的剪裁技术，带着辅导老师的殷切希望，满载而归了。

那是一个火红的八月，在山民们的撺掇下，在乡党委、团组织的支持鼓励下，他试探性地在临汝县某乡张贴了招生广告。他要把所知尽快传给还未完全摆脱贫困羁绊的山民，实现自己服务社会的理想。真想不到，第一次招生就招了三十多名学员，并用耐心精到的辅导博得了学员们的交口称誉。听着人们由衷的夸赞，他眼中的泪花再也抑制不住地滴落下来，这是幸福之泪，这是一个残疾人，得到社会承认时的激动泪水啊！

从此，他一发而不可收，"挂着双拐的剪裁师傅"渐渐在山区赢得了声誉。每到一地，当地政府都为他大开绿灯，为他办具各种证明。他被一种激情激荡着，把一腔心血完全倾洒在了剪裁技术的传授上，他隐隐感到了一种压抑感，一种随技术积累而与日俱增的紧迫感。炎炎夏夜，他顶着蚊虫的叮咬，通宵达旦地钻研教材，编写讲义；大雨滂沱，他顾不得一天授课的劳累，翻山越岭为学员补课、辅导；凛凛寒冬，他忍着残腿上的冻疮溃了又溃，照常外出，照常辅导。他心中想的只有他的剪裁，只有他那衣服褴褛、款式单调的山民。每到一地，他都虚心请教行家里手，不放过任何一次学习机会。一次，他在本县某乡办剪裁培训班，无意中发现街道内一位大娘裁技高妙，两片剪刀在她手中上下翻飞，挥洒自如，并且裁出来的衣服款式新颖，不落俗套。他欣喜异常，犹如不怎么高明的拳师遇到了点化的仙师一样，一有空，他就往大娘的缝纫铺跑。一天，大娘好像想到了什么，将他招呼到跟前，亲切地说："孩子，如果愿学，你就常来吧！"

从此，李治国成了古道热肠的老大娘铺里的常客。一次，他正向老大娘请教一个问题，适逢几个学员从门前走过。"李师傅，你在这里忙呀？"听到别人猛不丁地称李治国为师傅，老大娘愣住了，当她得知面前挂着双拐的青年就是街东头办裁剪培训班的师傅时，大娘简直有点惊呆了："孩子，你早不说呢？"李治国不好意思地笑了笑，谦虚地说："大娘，我年轻，技术不过硬，今后还得多向您请教呢！"

山路崎岖，山风凄厉，李治国既为自己生逢盛世感到欣慰，也常常会为自己奔波传教中的遭际弄得啼笑皆非。一次，他前往汝阳县某地办剪裁培训班，当他来到乡政府办公室联系时，那位干部竟不信任地打量着他，态度冷漠。

为了证实自己眼力的正确，这位干部从里屋拿出一块布料，冷笑着说："这是我做裤子的布料，你能将布当面给我剪一下吗？"说罢就用嘲弄的目光紧盯着李治国。李治国的自尊心被深深地刺了一下，心中很不是滋味。但他还是默默地从挎包里取出了剪刀、裁尺，仅用几分钟便将裤子剪成了。望着李治国娴熟的剪裁动作，这位干部惊呆了。他涨红着脸把李治国让到了凳子上，一边倒茶一边不住地道歉。

那次在本县楼子河村办培训班，学员已招了三十几名，谁料半路杀出了程咬金。一个自称郑州来的中年"裁剪师"明显和他作对，想把这个"毛小子"挤走。李治国收学费十元，而那位中年人却收七元，并在背后做了不少手脚，还把李治国贴的广告撕碎了多张。已报名的学员也借故退走了不少。这时一些好心人劝他："治国，人家资格比你老，你还是知趣而退吧，否则会难堪的。"好强的李治国冷静地谢绝了人们的好意，培训班按时开课了。

然而，世上的奇事往往就发生在人们的难料之中，刚上课不到六天，一些观望的青年便插进了他办的培训班，就连那些借故"流走"的学员也来请求了。为了搞好同行间的关系，对已进入那个培训班的学员他一概不收，并动员他们回去，同时，也答应抽空对他们进行必要的辅导。他的磊落、宽厚终于感动了那位"郑州同行"，他留给李治国一封道歉信便解散了学员远去了。按学员们的话说："李师傅虽然年轻，但办培训班却有着惊人的毅力，有着一股不耻下问、毫无保留将技术传给学员们的执着劲儿。这也许就是他赢得学员们信任与喜欢的诀窍吧！

由于山区文化教育落后，好多学员初入培训班时连起码的字词都看不懂，这给他办培训班增加了不少困难。但他知难而上，一边讲授教材内容，一边给学员适时补习文化知识。因在一个乡连办了几期培训班，致使这个乡的好多文盲与半文盲脱了盲，喜得当地的扫盲专干紧紧地握住他的手，不住地赞道："李师傅，你为我乡的扫盲工作立下了一大功啊！"

悠悠五年过去了，岁月的雕刀已在他生命的历程上刻下了二十四个年轮。从 1982 年到现在，他共开办了剪裁培训班三十多期，培训学员一千多名，足迹遍布鲁山、临汝、汝阳等县。他自谋职业，身残志不残的事迹多次受到乡、县、市有关部门的表扬，1987 年，平顶山团市委授予他"青年实用培训师"荣誉称号，并给他颁发了证书。他终于从一个世俗称之为"累赘"的残疾人成了山乡的宝贝！

（1987 年 11 月）

"神经头"王民权

"神经头"在家乡的意思大概和"呆子"差不多，文友王民权被人称为"神经头"颇有些历史了。

当我还是个初中生的时候，就听说罗村有个王民权，十足的神经头！那正是知识分子不吃香、白卷英雄头放光的年代，二十啷当岁的王民权竟鬼迷心窍做起了文学梦，整天往村后坡那片荫郁的树林里拱，并且一拱就是半天一天的，常常害得父母漫坡穿林寻找。后来，他的行踪被邻家一男孩窥破，遂绘声绘色地张扬开来："民权哥爬在草地上，一会儿呆呆望天，一会儿疙栽着头写东西，可带劲儿啦，一大沓旧账本划得满满的，写大书呢！"这小子，想当作家？嗐，神经头！穷极无聊的山民们爆发出一阵既揶揄又满足的大笑。

"也许说房媳妇就能拴住这孩子不安分的心。"在老人的揶揄下，懵懵懂懂的民权就懵懵懂懂地做了新郎官儿。虽如此，心却犹如喝多了迷魂汤，总也收不回来，常常半夜三更忽地折起身就着昏黄摇曳的油灯，魔鬼样舞着寸管在破纸片上窸窸窣窣，骇得妻子蒙头嘤嘤啜泣，并屡屡逃回娘家。在老父的严厉训斥下，民权始有所收敛。

"给钱，神经头，到街上灌点香油吃！"他接过钱对娇妻歉然一笑，很驯良地出村了。待他来到背孜街油坊时，才发现忘提了油瓶儿。情急之中，他向人要了一条塑料小袋，沾满油口一缯便提着回家了。还没进家门，妻就迎着问："油呢？"

"这不——""是"字还未发出来，他便瞥见拿了条空袋子。原来，他出街不久，油水就胀破了袋子，不等到家半斤油就漏光了。妻见状气得哇一声哭开了。

一个偶然的机会，他进县城参加了县文化馆举办的文学创作座谈会。会上，他鬼使神差，不知好歹让正在念文件的创作组王新民老师停下来，将自己的习作念给与会同志指点。王老师一愣，旋即笑了，台下也一阵哄笑。虽然这次他的作品并没有叫响，但憨直、朴实的性格却给在文学创作上颇有造诣的王新民老师留下了极其深刻的印象。一次进山检查工作，王老师特意找到王民权，谈以为文之道。临了，感激莫名的王民权从怀里摸出自己几年心血凝成的习作，那用旧日历背面写就的一大沓习作奉给了王老师。王老师回城逐页批阅罢，不禁拍案叫好。不久，由县文化馆主编的文学小报《春鸟》整整为王民权发了一个专版，对王民权的文学创作给予了充分的肯定与褒扬。从此，民权如得春雨，如沐春风，一发而不可收，陆续在《教育时报》《文艺百家报》《天籁》等报刊发表文章。不久，他即被平顶山作协吸收为会员，1984 年秋，他又鼓动了一帮文学青年，在自己的家乡荡泽河畔成立了荡泽河文学社，借此联结被闭塞浅陋困守的山乡文友，抒大山之情，书大山之魂。

而今，岁月的雕刀已毫不留情地在他生命之树上划过了 35 圈年轮。虽然沉重的生活担子压得他举步维艰，甚至面临举家食粥的窘境，但是，他依然一如既往拜倒在缪斯的石榴裙下，未尝稍悔，连妻子也被他"统战"了过来，划桨摇橹，夫唱妇随。民权兄，世上神经头若你者，稀矣！

（1989 年 4 月）

有这样一对有情人

6月的一天，鲁山县背孜乡背孜村李家大院门前，唢呐声声，鞭炮齐鸣，一对满面春风的青年男女在众人的簇拥下进入了洞房。

新郎名叫李治国，今年25岁，是一位靠双拐行走的残疾青年；而新娘，则是个身材苗条、容貌秀美的姑娘，名叫王爱云，今年刚过20岁，家住临汝县寄料乡。爱云姑娘性格天真活泼，心灵手巧，很是惹人喜爱。这么一个如花似玉的姑娘，怎么偏偏嫁给一个身有残疾且家境贫困的农家子弟呢？这还得从头说起。

今年年初，一个偶然的机会，走亲戚的王爱云认识了在八角沟开办缝纫铺的残疾青年李治国。一来二去，她渐渐和治国熟识了。从小就失去母亲、善良多情的爱云姑娘从李治国的言行中，看出了治国是位踏实勤奋、有志气的青年，而远非那些五官健全、游手好闲之辈可比。身体虽然残疾了，但是，他竟然用坚韧不拔的毅力，自学掌握了一整套剪裁技术，5年多来，他挂着双拐奔波在鲁山、汝阳、临汝等县崎岖的山路上，向山民们传授剪裁技术，共开办剪裁培训班30多期，培训学员达1000多名，深受干部群众好评。去年7月，他被平顶山市团委授予"青年实用技术培训师"荣誉称号。治国的事迹深深地打动了姑娘的心，她由同情转化为钦佩，又从钦佩转化为爱慕。终于有一天，爱云羞怯地向治国敞开了心扉，献出了少女那颗纯洁的心。

治国听了爱云的打算，先是一愣，继而摇了摇头。自己是个残废，怎能连累姑娘一辈子呢？爱云看出了治国的心思，就平静而又深情地说："治国哥，你不要错解我的心。你只要真心待俺好，俺做出的决定是谁也动摇不了的！"

治国和爱云恋爱的消息不胫而走，在亲戚与乡邻中间引起了轩然大波。"治国这小子也不认识自己，癞蛤蟆想吃天鹅肉！""哼，走着瞧，人家爱云早晚要飞。""爱云真是傻极了，那么多好小伙不爱，偏偏相中了一个瘸子，好花栽到了粪堆上。"面对人们的讥笑、嘲讽、不解、怀疑与来自亲朋的压力，爱云毫不犹豫地拉着治国到乡政府办理了结婚登记手续。

当有人问起爱云，你到底图他李治国的啥时，爱云头一抬，爽朗地回答："俺啥也不图，就图治国人品好，有志气。你想，治国4岁时就患小儿麻痹症落了个残疾，20年来能自食其力，实在不易，就冲这一点，俺也爱他！"

　　背孜乡妇联、乡团委和乡民政部门也闻讯专程赶来庆贺，祝愿新郎新娘幸福美满，白头到老！

（1988 年 8 月）

山村，被洪水吞没之后

八月十日夜，炽眼的闪电，吼声震耳的雷击撕裂着漆黑的夜空，一场罕见的特大暴雨在鲁山县背孜乡灯草沟上空整整下了七个小时。电光闪处，只见十多米高的洪水恶浪一个连着一个，犹如群虎下山之势疯狂地扑向村庄。霎时，雷声、雨声、洪水发出的咆哮声，被洪水卷下来的山石、树木的撞击声，以及人们的哭喊声，牲畜的悲嚎声连成一片……

转眼间，整个村庄被洪水吞没，十八户，六十五间民房倒塌，树木、田地毁于一旦，惨不忍睹。

突然降临的灾难，严峻地考验着生活在这里和周围的每一个人。当我们怀着沉重的心情，踏着灾后的废墟来到这里采访的时候，惊喜地发现：人心，在这里升华；人情，在这里闪光。

晚上九时许，雷声越来越急，暴雨下得越来越大。身患多年脑神经衰弱、胃神经官能症的六十三岁的老支书王贵生，望着这不寻常的雨情，强作精神，只身拄着拐杖，冒着暴雨，一步一跷地走向漆黑的雨夜，找到共产党员刘三和青年教师王中安，要他们火速到上沟观察水情，以防万一。刘三、王中安按照老支书的旨意，不顾道路的坎坷，暴雨的袭击，以最快的速度察看了上沟历年干枯、可储存一万多立方米的三个小水塘，此时洪水已开始向塘外漫延，随时都有决堤的危险。三个水塘一旦决堤，将涉及着下面130多口人的性命安全。在这千钧一发的紧急时刻，他俩一边向村庄跑，一边商议着撤离群众的计划。到村口后，他们分别沿着小河东西两岸惊呼狂喊："水塘要憋啦，赶快往山上跑啊！"一时间，毫无准备的山民，年轻的背着年老的，年纪大的扶着年幼的火速向东西两岸山坡上撤离。当王中安叩开八十八岁的王玉丰老大爷的家门时，王大爷凭着古老的经验，不服地说："别听你们这些孩子乱喳喳，我活这么大了，还没听过什么大水能把咱村给冲了！"青年王雷振顾不得多听老人的唠叨，背起老人就往山上跑去。为了让全村群众尽快撤离，王中安又让自己十六岁的弟弟，共青团员王中立挨家挨户通知。当来到老实巴交的村民王景堂家时，大门关闭，全家人早已酣睡。喊破了嗓子，也没回声。王中立急了，翻过院墙，擂开了大门。此时水塘已经决堤，咆哮的洪水顷刻吞没了整个村庄，房屋接二连三开始倒塌……

洪水无情人情深，中年农民王起娃被来势凶猛的洪水惊呆了，当他稍一清醒，突然想到了在郑州铝厂工作的王来生一家。他忘记了自己手上正在发炎的斧伤和正在发作的胃病，冲向洪水激流，摸索着来到了住在河东边的王来生家。此时，王妻刘梅已被洪水隔离在房后的山坡上，望着被洪水灌入一米多深的老房子，哭喊着救命。她的两个幼女被洪水堵在屋内，哭喊着："妈妈，妈妈！"继续上涨的洪水，破窗而入，土墙已开始裂缝，椽子、檩条发出了可怕的"吱吱"声。在这紧急时刻，王起娃一个箭步跳起，冲向屋内，抱起两个孩子，几次欲出屋门，都被凶猛洪水卷了回去。塌落的瓦片泥土不时掉了下来，一场可怕悲剧即将发生。他把两个孩子紧紧地抱在怀里，使出了平生最大的力气往外冲，刚冲出屋门，房屋便四脚朝天，堕入洪水之中，他和两个孩子也被房屋倒塌时的气浪推入了滚滚的洪流。他拼命挣扎着抱着两个孩子，终于冲上了河岸。当泣不成声的刘梅接到两个安全脱险的孩子时，被洪水卷下来的山石、树木撞得遍体鳞伤的王起娃一下子瘫倒在地。刘梅和孩子们唤醒他时，他透过闪电的亮光，看到自家辛辛苦苦盖起来的十间房屋已全部摧毁，留下的只有身上唯一的一条裤头，他流下了心酸的泪水，但当他转眼看到两个孩子时，他又笑了，笑得是那样的憨厚。危难之中见真情，像王起娃这样舍身救人的当代农民何止一个？共青团员王铎看到身弱多病的邻居王起生和他的三个小孩被洪水围困在家屋时，他急中生智，顺手抓起一根一丈多长的竹竿，撑着躲过了湍急的洪水，往返三次把三个孩子和王起生救了出来。董明的两个女儿学着她爸妈的样子，同样也担负起了受灾群众的放牧义务。殊不知，他们一家也同样受到了空前的灾难，辛辛苦苦经营多年的责任田变成了乱河滩，全家人亲手栽培的成林树木也被洪水连根挖走。全家却没有一个人顾得去看上一眼。这是一家普普通通的山村农户，然而，我们在这一家人的身上看到了新一代农民崭新的风貌和崇高的思想境界！

灯草沟变成了一片废墟，然而在这片废墟之上升腾着的人性、人情之光，将和中华民族古老的历史一样，与天地同在、与日月共辉！

（1988 年 9 月）

第三编　激情岁月

忘不了参与过的火热生活，忘不了经历过的坎坷曲折，爱心、诚心、恒心始终是自己坚守的信念……

禁烧故事

秸秆禁烧任务坚，党政干部不畏难。

早出黎明奔赴岗，夜静更深家未还。

风吹日晒多辛苦，风餐露宿受饥寒。

疏堵并用连轴转，眼烂腿断无悔怨。

……

众志成城同心干，要做禁烧英雄汉。

——摘自乡镇禁烧歌

  说起禁烧，人们会不由得想起前些年每到收获季节遍地的狼烟以及满空气呛人的焦煳味儿，还有因焚烧秸秆高速公路被迫关闭以及民航飞机无法降落的报道。如今，随着农民思想观念的转变和新型农业机械的推广普及，农作物秸秆综合利用率越来越高，禁烧秸秆已被社会所广泛接受。回想我在乡镇工作的那些年，正处于以堵为主的禁烧初期，政府的禁烧令与群众的觉悟程度、新型农业机械推广与传统耕作习惯之间的矛盾冲突异常激烈，禁烧秸秆成为大多数农业乡镇一道难以逾越的坎儿。从乡长到书记，我一干就是十多年，备尝艰辛与无奈。

谁烧罚谁

我任职的辛集乡是一个近六万人的农业大乡，且紧邻县城和平顶山新城区，是市里确定的禁烧重点乡镇之一。而平顶山作为一个以煤炭为主的新兴工业城市，由于环境不达标天数随时面临被上级亮黄牌的危险，所以市政府从2003年起即开始重点禁烧秸秆。

政府的强力干预，一下子把乡镇推上了社会矛盾的风口浪尖。一方面为了环境达标、给全市人民一片蓝天白云，上级把禁烧责任几乎全部压到了乡镇头上；另一方面，大型农业机械推广滞后、外出务工劳力不能及时返乡者增多及群众传统耕作观念的交集，又使群众把收种不方便及成本增加等怨气一股脑撒向了乡镇干部身上。不管你说得怎样天花乱坠，面对一地的秸秆，最省钱最省事的整地办法就是付之一炬，因而故意焚烧秸秆或边焚烧边举报、看干部笑话者不乏其人，进而也出现了一些乡镇禁到底烧到底的痛心局面。就连一位上级领导在基层调研时也不无感慨地说："乡镇干部真像案板上的乒乓球，上打打，下打打，左打打，右打打——乡镇干部确实不易！"

为了禁烧，乡镇干部可谓殚精竭虑、使出浑身解数，在强化宣传、推进秸秆综合利用的同时，党员干部齐上阵，包村包组包地块，昼夜不停，严防死守。由于缺乏必要的处罚手段，即使抓到点火人也奈何不得，仅靠环保部门200元以下的罚款很难起到教育作用。无奈之下，乡镇普遍办起了并不合时宜的禁烧培训班，而能抓住点火者并带到培训班的，大都是些老弱病残憨呆痴傻之人，效果也可想而知。一天夜里，我和其他班子成员分头到重点区域及矛盾较多的村田间地头蹲守。子夜时分，我突然看到不远处有人已把秸秆点燃，我大喊一声："站住！"点火人撒腿就跑，我起身就追。由于天太黑，在穿越一条较宽的田埂时，我脚下一绊，猛地摔了个大跟头，半天爬不起来。同事们赶来时，点火人已仗着路熟消失在夜幕中。人没抓住，而我胸部肋骨却足足疼了两个来月。

烧谁罚谁

禁烧之难，夏季尤甚。如果天公作美，麦收后一场透雨，农民能趁墒抢种，禁烧工作也就接近尾声了，但那年麦收后老天偏偏与人作对，一连半月不云不雨，禁烧形势相当严峻。乡镇干部绝对是有家难归，寝食难安。虽然采取了"人不离机、机不离人"跟机作业措施，要求收割麦茬不得高于 15 公分，但是焦麦炸豆儿关头，遍地都是机械，农民急的是颗粒归仓，机手讲的是效率效益，几十号乡镇干部手忙脚乱，控茬工作仍然空当不少。尤其是省道两侧，由于土地肥沃，麦秆粗壮密实，仍有几块地麦茬相当高，随时都有焚烧的可能。这时副乡长李学平主动请缨，愿意坚守这一大片麦田。李付乡长虽是女同志，但工作上敢想敢干，不让须眉。她和乡村干部吃住在田间地头，一连十多天不离不弃，细皮嫩肉的美人胚子看上去起码老了十多岁。一天深夜，和她一块值班的总支书记说什么也要让她后半夜回家换换衣服、看看孩子。谁料拂晓时分，这块麦田竟被人点燃。当她急匆匆赶到地头，看到辛辛苦苦守了十几天的麦田一片灰烬时，从没见掉过泪的她竟坐在地上哇哇大哭。

为了严格禁烧，调动方方面面的积极性，禁烧口号已从"谁烧罚谁"强化为"谁烧罚谁、烧谁罚谁""见烟必查、见火必罚"，尤其是要求农村党员干部要以身作则，管好自家的承包田。就在这时，出现了反常的现象，一连几天，蹲守在地头的同志们光看到地里出现火情，就是发现不了点火人。终于在白天，有人在及时扑灭的秸秆里发现了秘密，原来个别群众为了焚烧秸秆不被抓住现行，特意把细香一端缠上几根火柴，然后假装干活把点燃的香插在秸秆堆里后离去，二十分钟或半个小时火柴被香点燃后就引燃了秸秆。这些"定时炸弹"往往放置在上风头或干部承包田中，一旦点燃，风助火势，连片燃烧，很难控制，从此也可看到蕴藏在群众中的无穷智慧。一天晚上，接到市禁烧办通知，有人举报某村大面积着火，这个村是全乡的先进典型村，支书老张是一位有着四十多年党龄、连任三十多年书记的老模范，虽已年近七旬，但老当益壮，责任心极强。听到消息后，颇感意外的我还是第一时间赶到了现场，这时，包村干部和村里干部正在全力扑火。等到把火全部扑灭，看到已经焚烧了数十亩的地块时，我十分生气，大声对跑到跟前的包村干部说："把老张叫过来，查查是谁的地块，严肃处理！"灰头土脸的老张来到我面前，像犯了严重错误的人一样耷拉着脑袋，上气不接下气地嗫嚅着说："处理我吧，处理我吧，真的老了，老猫不避鼠啦。"焚烧秸秆的地块正是先从老张的承包田里着起的。就在这时，包村干部突然情绪失控地大叫起来："不——不！绝对是有人陷害老支书！老支书已经几天几夜没有合眼了！"我怔怔地站在那里，一句话也说不出来，是气愤，是感慨，还是感动？反正最后我个人向上级作了检查，而没有处分老支书。

禁烧瞭望哨

辛集乡西北有座鲁山坡，为鲁山县标志性山峰，古时被誉为鲁山八大景之首，海拔虽不高，但平地兀起，站在峰顶，近百平方公里乡域面积尽收眼底。

有一年，我的搭档、乡党委书记王方同志不慎摔伤脚踝骨折，禁烧开始仍未痊愈。但事业心、责任心极强的王方，放心不下禁烧事宜，强行出院，找了一个军用望远镜，和司机一起上了鲁山坡，建起了禁烧瞭望哨。只要发现火情，他手机一打，我即带人赶到了火点。一次，接他通知，某村出现了火情，我带人赶到后，一边控制火势，一边追查点火人。地里有好几个干活人，谁也不承认点火。这时王书记打来电话，说眼前穿花衬衣的中年汉子就是点火人，打火机就装在他上衣口袋里，他在望远镜里看得清清楚楚。在证据面前，中年汉子低下了头，接受了处罚。

鲁山坡设有禁烧瞭望哨的消息在乡里传开后，起到了很好的禁烧效果，起码白天焚烧秸秆者大为减少。媒体记者听说后追到山上，见脸庞晒得黑黢黢的王方正专心致志拿着望远镜朝山下观望，就拍了幅特写照片登在了报纸上。为此，其他乡镇的朋友们由于不知道王书记的伤情，就不无玩笑地写了一首不怎么文雅的顺口溜送给他："中州名镇，驴毶之乡；使死春瑜，美死王方（辛集驴肉为传统名吃）！"王方看后，哈哈一笑，既无起恼，也不解释，从此也可看出我们之间配合的默契和关系的融洽。

（2014 年 8 月）

我参与中国牛郎织女
文化之乡的申报

2009 年 2 月 18 日，中国民间文艺家协会做出决定，命名鲁山县为"中国牛郎织女文化之乡"，这是鲁山历史上获得的首块国字号文化名片。时任牛郎故里辛集乡的党委书记，我有幸参与了中国牛郎织女文化之乡的酝酿策划及申报授牌的全过程。

酝酿策划

我于 2002 年 6 月调入辛集乡任政府乡长，2005 年 9 月接任乡党委书记。辛集乡位于鲁山县东部，毗邻平顶山新城区和宝丰县，区位优势明显。这里既是神话传说中牛郎的故里，又是阿凡提式民间奇才宋三才子和"五四"诗人徐玉诺的故乡，历史悠久，文化底蕴深厚。全乡总面积92.2平方公里，耕地面积5万余亩，大沙河，即古潩水和大浪河、金鸭河流经全境，水资源以及石膏、硅、磷等矿产资源丰富。乡党委根据辛集乡经济社会发展状况，明确提出了"调整结构、培植财源、优化环境、加快发展"的工作思路，并把"调整结构抓特色、招商引资上项目、统筹发展抓文化"作为全乡工作的三大重点。在调整结构方面，重点抓了葡萄种植、"三粉"加工、蛋鸭养殖等农业特色产业，并逐步形成了品牌；在招商引资方面，突出抓了鲁阳发电公司、中平能化民爆器材有限公司等大型项目的引进工作，这些项目已先后在辛集乡落户，并建成投产，总投资近百亿元；在文化建设方面，先后筹资数十万元，整修了徐玉诺故居，辟建了程村邓小平豫西整党纪念馆，但是，相对于辛集乡丰富的历史文化资源，总感到在文化方面抓得还很不够。特别是围绕鲁峰山所形成的牛郎织女文化，在当地影响深远，留下了许多遗迹遗存和民风民俗，但如何挖掘、保护和利用这些文化资源，总也理不出个头绪来。

2006年7月，辛集籍在平顶山晚报任职的记者姬克亮回乡省亲和我相识，我向他介绍了党委政府的发展思路，希望他多关注家乡的发展。我还特意陪同他到张庄、孙义等村就葡萄产业及牛郎织女文化进行了调研，回去后他即写了篇通讯《这里的村民自称牛郎后人》发表在《平顶山晚报》上。不久，该报记者王春生又专程来到辛集采访，以《牛郎故里今何处？——探访鲁山县辛集乡孙义村》为题，在《平顶山晚报》进行了整版介绍，这也是乡里最早对辛集乡牛郎织女文化的刻意性宣传。

2007年初，我到北京出差，返回途经河北邢台境内时，看到路旁一大型喷绘宣传牌上写着"中国七夕爱情文化之乡"，怎么这里也有牛郎织女？我感到十分吃惊。回来后我即把所见所思告诉了好友——县文联主席袁占才同志，袁主席在网上搜索后发现，全国已有多地在争这个事，并且河北邢台、山西和顺、山东沂源等地重视程度相当高，策划了不少宣传推介活动，某地还不惜重金在中央电视台作了专题节目。作为辛集乡的党委书记，如果任由这块宝贵的文化资源被外地争走占用，将是自己最大的耻辱和失职！我的忧虑和不安，以及其他一些地方在"抢占"文化资源上的强势做派，也使事业心和责任感都很强的占才同志有了危机感和紧迫感，我们形成共识：要不等不靠、尽其所能地在挖掘宣传牛郎织女文化方面有所作为。这年5月，中国民协民俗学会发函，征集民俗专卷文章，也特地提到了鲁山的牛郎织女文化。袁主席就主动与该丛书编辑、民俗学会副会长兼秘书长霍尚德沟通联系，并邀请他莅鲁考察指导牛郎织女文化。这些我们都及时向县委常委、宣传部部长同时也是辛集包乡领导的张向泉进行了汇报，张部长十分赞成我们的想法，并多次召集我们在一起商议对策。之后，我们又面见了鲁山辛集籍老乡、市政协副主席潘民中，听取他就挖掘整理和宣传牛郎织女文化方面的意见。最后我们决定以文化之乡申报为重点进行谋划。2007年11月，在云南参会返京途中的霍尚德受邀莅鲁，在潘民中、张向泉、陈章法等领导陪同下考察了鲁山的七夕文化。考察后，霍尚德对鲁山丰厚的牛郎织女文化赞不绝口，并在回京途中给我发来了短信"邢书记台鉴：就搜集整理出版七夕丛书与挖掘贵县文化资源、策划节会活动、申报中国文化艺术之乡等事宜，县里只要认识到位就好说。"由于民俗学会属社会群团组织，同时通过该组织申报文化之乡花费也较大，我和袁主席权衡并向张部长汇报后，还是决定通过正规渠道逐级申报。虽然我们后来和霍尚德老师联系少了，但他的鲁山之行还是对我们的申报工作启发很大。

2008年初，在市民协的介绍下，我和袁主席等赴郑州拜会了省民协主席，同时也是中国民协副主席的夏挽群。具有长者风范且平易近人的夏主席听了我们的汇报，对鲁山重视牛郎织女文化的思路和做法予以肯定，表示省民协会全力支持鲁山申报中国牛郎织女文化之乡。夏主席的表态使我们深为感动，也打消了我们的疑虑。夏主席是南阳人，南阳也在极力争取牛郎织女文化的发源地呢！回来后，深受鼓舞的我们及时向张部长作了汇报，张部长又带着我们专题向县委书记贺国营和县长荆建刚作了汇报，取得了他们的支持，要求县文联尽快拿出申报方案。

不久，贺国营书记到辛集调研新农村建设，我又借机向他汇报了申报牛郎织女文化之乡的紧迫性。贺书记外婆家在辛集，小时候常住外婆家的贺书记对牛郎织女文化也感同身受，他表示县委近期要听取这方面的汇报，要求我在相关会议上提出建议。性情木讷、从不爱在公共场合主动发言的我，也许受使命感的驱使，在县委研究 2008 年初"两代会"有关事宜的常委扩大会上，我发言建议把中国牛郎织女文化之乡申报工作写入年度政府工作报告，把鲁山打造成中国的"七夕"爱情圣地。随后，每次回县里开会，总是有个别领导和乡镇同行半是玩笑半是揶揄地打招呼说"牛郎回来了？"我只能笑笑作答。但不管怎样，最后，县委县政府采纳了我们的建议，将中国牛郎织女文化之乡申报工作正式写入了政府工作报告，并决定拨出专项资金，由县委宣传部牵头、县文联具体负责组织申报工作。

配合申报

县里成立中国牛郎织女文化之乡申报领导小组后，立即组织开展了挖掘整理有关典籍文献、民风民俗、对外宣传、申报专项报告的撰写等项工作。我感到，既然县里这么重视，申报工作就只能成功，不能失败，为此，乡党委、政府也成立了由我挂帅的申报工作领导组，全力配合县里的申报工作，并重点做了以下几项工作：

一是协助县申报领导小组积极向有关部门和领导汇报，

以争取支持。和袁占才主席以及张向泉部长等先后多次赴平顶山和郑州，积极主动向省委宣传部、省民协、郑州大学、市文联等部门汇报鲁山的县情和申报情况。有次我还驾车到郑州接送民俗专家到鲁山进行实地考察，由于初次驾车进省城，路道不熟，绕了不少路，还差点违章被交警查扣。省委宣传部原常务副部长葛纪谦、省外宣办主任张保拴、省文联副主席何白鸥、郑州大学教授、省中原文化研究中心副主任罗家湘、市政协副主席潘民中、平顶山市文联主席程贵平、解放军某部后勤处主任石藏民大校等领导都曾给鲁山的申报工作予以了大力的支持。最令人感动的是潘民中主席，他既是平顶山市极具权威的史学专家，又身兼数职，公务十分繁忙，但潘主席对家乡情有独钟，他几乎参加了牛郎织女文化之乡申报过程中的所有大型活动，并且多次轻车简从，深入鲁山坡、孙义村、张庄村考察调研，提出了许多有见地的意见和建议，有力地指导了中国牛郎织女文化之乡的申报工作，罗家湘教授等省级民俗专家就是通过潘主席在郑州大学任教的女儿的邀请莅鲁考察，从而写出并发表了一组史料翔实、论证有力、全面介绍鲁山为牛郎织女文化发源地的考察文章，为牛郎织女文化之乡的申报工作奠定了坚实的史料基础。2008年9月的一天，秋高气爽，市长李恩东、常务副市长邢文杰、市委秘书长张遂兴等市领导在即将荣升南阳副市长的贺国营书记和荆建刚县长陪同下，专程登上鲁山坡调研。登高望远，阡陌纵横，瓜果飘香，大沙河、白龟湖以及新城区、鲁山县城、宝丰县城尽收眼底，令人心旷神怡。我边走边简要汇报了牛郎织女文化的现状和乡里的发展情况，李市长一行兴致勃勃地考察了南天门、牛郎织女殿以及九女潭，并指示市县要加大牛郎织女文化的挖掘、宣传工作力度，支持好牛郎织女文化之乡的申报工作。

二是多方筹资，对牛郎织女文化遗迹遗存及基础设施进行整修完善。辛集乡鲁山坡周围，存在着大量的牛郎织女文化遗迹遗存，如牛郎洞、织女潭、九女庙、孙氏祠堂、牛郎织女殿等，但大多年久失修，道路不畅、再加上保护意识淡薄，有的毁坏还相当严重、荒草丛生。为此，我多次主持召开党委政府班子会议研究，决定多方筹资对这些遗迹遗存进行整修，并就整修方案向县申报领导小组和主要领导作了汇报，取得了他们的认可和支持。县委书记荆建刚同志还带领有关部门负责人冒着酷暑、顺着崎岖不平的蜿蜒小路登上鲁山坡调研，也对遗迹遗存和道路的整修提出了明确的要求。在县委县政府的支持下，乡镇先后筹资50多万元，整修了九女庙、孙氏祠堂和牛郎织女殿，修建了鲁山坡顶南天门小广场及牛郎洞通往南天门的台阶路，硬化和修通了山顶及牛郎洞通往九女庙的2.4公里山间道路。修牛郎洞到南天门的登山路时，我还特意让施工队设计为七百七十个台阶，蕴含"七七"之意，由于顺山脊而修，坡陡无路，加上不通水电，民工们顶着烈日，一节节艰难推进，每个台阶，都是民工们在山下拌好料而后用小桶向上一桶桶挑出来的！

七夕节，鲁峰山上山歌表演

  这些工程的实施，有效改善了鲁山坡的基础设施条件，增加了牛郎织女文化的看点，配合了文化之乡的申报工作。

  三是积极抓好与牛郎织女文化相关的民风民俗的挖掘工作。在辛集工作期间，我深切地感受到牛郎织女文化在当地影响之大，已深深地根植在了人们的心中，融化在了老百姓的血液里，并形成了独特的民风民俗。如辛集街七夕庙会、三街三月十八、九月初九古刹大会等，数百年来绵延不绝，会上必有和牛郎织女相关的演出活动；为了能在七夕夜葡萄架下听到牛郎织女的声音，辛集一带有庭院种植葡萄的习惯，并逐渐形成了大田种植，目前总面积已达上万亩；还有孙义村全村百分之八十以上人口姓孙，均自称为牛郎后人，称织女为九姑奶，称玉皇大帝为老天外爷，孙氏后裔每年都要举办隆重的祭祖活动，团城、库区以及外县的"牛郎孙"都要赶回来祭祖，况且孙义村从来不演《天河记》，据说是让戏子扮演老祖宗在台子上扭来扭去有辱斯文；另外鲁山坡周围老百姓随口说的一些民谣，如"鲁山有个鲁山坡，攞到天里一半多；云外雄鸡一声唱，唤醒了牛郎哥——"相当一部分和牛郎织女有关。在挖掘和保护这些民风民俗方面，乡里也做了一些工作，像每年的春节及七夕庙会期间，乡里都要组织不同形式的民间文艺汇演，积极弘扬包括牛郎织女文化在内的民间文化。在大力发展葡萄种植的同时，让葡萄和牛郎织女文化结缘，指导注册了"仙缘葡萄"，提高了葡萄的品位和影响力，辛集张庄葡萄已被国家农业部命名为无公害葡萄生产基地，亩均收入逐年增加，已成为当地农民增收的支柱产业。有一天，我邀请并陪同县文物所所长张怀发老师到牛郎洞、九女庙、孙氏祠堂等处考察文物保护情况，在孙义村、张庄村走访群众时，几个群众随意哼唱的有关牛郎织女的小曲，令他大为惊奇和兴奋，他像发现了新大陆一样握着我的手说："这就是民歌，这就是地地道道的鲁山民歌啊！"在青海生活过多年的张老师连比带划地在山坡上给我们唱起了青海民歌。张老师言行使我突然有了举办鲁山山歌会的设想，和袁主席、张老师等沟通后都很赞成，这也就有了后来策划的一年一度的牛郎故里春季山歌会。在送张老师回家的路上，张老师主动提出要搜集整理鲁山这些民歌，并且说干就干。虽然我安排办公室主任随时为张老师提供车辆等方便，但张老师大多时间都是骑着自行车一趟一趟往辛集跑，鲁山坡以及孙义、张庄、辛集等村都留下了他辛勤的足迹。短短一个多月，他就搜集整理出了30多首民歌民谣。为更好地挖掘传承这些民歌民谣，张老师亲自指导孙义村在原有秧歌队的基础上成立了孙义村峒歌团，并加班加点策划指导群众排练节目，有时天太晚就干脆住在了村干部家。孙义村的群众也受张老师精神的感染，参与的热情空前高涨，上至八旬老妪，下至六岁孩童，人人都能唱几句张老师整理的民歌，以致张老师竟成了群众崇拜的权威专家，一呼百应，他还主动帮助村里协调解决了多起矛盾纠纷，被干部群众亲切地称为"我们的张老师"。2008年腊月初八，是孙氏后裔一年一度祭祖的日子，原打算在这天由张老师指导祭祖活动，并有峒歌团献演牛郎织女民歌，不料头天晚上竟下起了鹅毛大雪，第二天早上还飘着雪花，地上积雪足有半尺来厚。看到这种情况，我安排办公室主任通知村里，乡里和其他同志就不再参加孙义祭祖活动了。谁知九点多钟，村支书孙留孩打来电话说，张怀发老师已踏泥带水步行几公里来到了村里。我赶紧放下其他工作，带着办公室主任就往孙义村赶去。祭祖活动在孙氏祠堂举行，当一眼看到鼻尖通红、裤腿被雪水打湿的张怀发老师一边指挥一边摄影的忙碌身影时，我鼻子一酸，眼泪在眼眶里直打转。要知道，县城离孙义村十几公里，天冷路滑，又没一分钱报酬，年届六旬的张老师履约前来指导，这是对我们申报活动多大的支持啊！张怀发老师整理并导演的、由孙义村群众出演的民歌《牛郎鞭》

2008年9月，陪同鲁山县文物所所长张怀发考察七夕文化

成了整个申报活动的压轴戏，深受专家以及社会各界的喜爱和好评。

　　申报工作中，我和袁占才主席压力最大，总担心申报不成惹下笑柄，对上对下无法交代。这期间，中国民协因对全国已批的文化之乡开展回头看，曾暂停一段文化之乡的审批工作，使我们心急如焚；由于经费不足等难题，也曾使我们思想上产生过一些动摇。就是在鲁山坡举办演出活动需提前几天，公告也颇费掂量，人少了担心冷场，起不到宣传效果，人多了又担心安全上出问题，责任重大。申报之初，乡里的一些同志，包括个别班子成员对申报工作也有不同的看法，认为乡里工作千头万绪，仅应付中心工作就够忙活的了，再搞什么文化之乡申报，纯属自讨苦吃，个别同志还说了一些风凉话。这些看法不能说没有一点道理，从当时的工作大环境看，乡镇面对着上级的各种达标升级活动，还要承受平安建设、信访稳定、农民负担等众多"一票否决"项目，任务重，压力大，根本没有心思再搞劳力费神，且见效慢的文化建设，弄不好还有"喜欢自我宣传"之嫌；同时，辛集乡还承担着鲁阳发电有限责任公司、西气东输工程、南水北调渠线工程、淅川移民村建设等国家重点项目建设任务，征用土地数千亩，征地拆迁、协调服务等工作十分繁重，同志们没明没夜地工作，基本上没有星期天和节假日。为了统一大家的思想，我没少在机关会和全乡扩干会上宣传鼓动。一次，市政协潘民中主席回辛集调研，他语重心长地对我和几位班子成员说："文化是根，是魂，也是聚人气的东西。只有重视文化，一个地方的发展才会更健康、更持久……"潘主席的话更加坚定了我和一班人抓文化建设的决心和信心。为了尽可能不增加同志们的负担，凡是和申报工作有关的会议和活动原则上我都直接参加，领导及专家记者们到乡里调研采访我都亲自陪同。有次我痔疮复发，走路疼得厉害，但我还是坚持陪同市里的相关专家到鲁峰山考察，送走专家回到乡里时竟疼得躺到沙发上动弹不得，只好请来医生在办公室挂起了吊针。同志们看到后也很心疼我，理解支持者多了，就连已退休的贾坤、代淑敏等老同志也主动要求，承担了相应的申报工作任务。

组织活动

围绕中国牛郎织女文化之乡的申报工作，县、乡先后策划举办了一系列文化活动，辛集乡作为主要参与者和主阵地，在积极配合县里主体活动的同时，也主动策划举行了不少特色活动。

在县里决定申报中国牛郎织女文化之乡之前，辛集乡党委政府就已经为申报工作造势，先后在辛集街七夕庙会和三街古刹大会期间举行了秧歌表演、戏剧《天河记》等民间演出活动。2007 年 10 月，适逢鲁山文联《尧神》创刊，辛集乡党委政府和县文联联合举办了《尧神》首发式暨七夕文化座谈会，邀请市县有关专家学者就如何挖掘弘扬七夕文化进行了研讨。接着又邀请 20 多位作者到牛郎故里采风，写出了 20 多篇相关文章在报刊发表，这些都为文化之乡的申报工作起到了较好的宣传铺垫作用。这期间我所撰写的联语"牛郎故里鲁峰耸翠钟灵毓秀，织女情地沙河扬波人杰地灵"还成为后来系列活动的主要宣传用语。

2008 年 3 月 30 日，鲁山县牛郎故里春季山歌会开幕式暨演出活动在鲁山坡下的三高广场举行。辛集乡党委政府进行了精心的策划和准备，组建了会务组、节目组、安全保卫组、后勤保障组等，除组织孙义村群众演员排演《牛郎鞭》等节目参加主会场演出外，还组织了多支秧歌队在主会场助兴。同时，乡里还在鲁山坡上设立了八个分演出点，每个演出点由乡辖的七个管理区负责筹划、组织，演出内容围绕牛郎织女文化以山歌对唱、河南坠子、戏剧表演等为主，牛郎洞前演出点由牛郎后裔孙义村群众表演祭祖活动及山歌对唱。为确保山上演出安全，乡里还在鲁山坡山前山后两个上山路口设立了检查站，禁止机动车辆上山，正在参与辛集鲁阳发电有限责任公司施工的解放军某部还特意派出十几名战士，以支援活动期间的安全值勤工作。山歌会当天，从主会场到山上演出点，彩旗飘飘，人潮涌动，尤其是各个演出点展开了演出对赛，唢呐声声，山歌悠扬，掌声不断。演出活动一直持续到下午四点，取得了巨大的成功，参与群众上万人，人民网、凤凰网、《河南日报》、《平顶山日报》等各大媒体均报道了这一盛况，从不会写诗的我也深受鼓舞，当即口占两首，以表达当时的喜悦心情：

其一

平地兀起独秀峰，
岿然镇守鲁城东。
山乡巨变喜相会，
满山放歌牛女情。

其二

钟灵毓秀鲁峰山，
山花烂漫人若仙。

牛郎故里多喜事，
织女情地共结缘。

这次山歌会，也有一个意外的收获，那就是为了演出方便，我在安排人员清理牛郎洞前淤土时，清理出了石础、石门墩、断碑以及瓷盆瓷碗残片、箱饰等一批文物。县文物所长张怀发老师接报后立即带人赶到现场，经鉴定，这些文物以宋、元、明时期居多，特别是一对宋代石门墩上雕刻的吉祥兽麒麟线条流畅，精致华美，其中一个麒麟背上像是被人反复抚摸，显得光滑透亮，从此也可看出当时牛郎洞前香火的旺盛。

2008年5月，辛集乡党委政府特意和县广播电视局策划举办了以《放歌牛郎故里》为主题的专场晚会，作为《琴台艺苑》特别节目在县电视台演播大厅向全县直播。晚会演出内容主要是围绕辛集的历史文化和经济社会发展成就而创作，如山歌《牛郎鞭》《鲁山坡对歌》、徐玉诺配乐诗朗诵《将来之花园》、河南坠子《辛集的明天更繁荣》等，演员也大多为辛集本籍人士。浓郁的牛郎故里特色，这场演出活动得到了领导和社会各界的好评，这也是乡镇第一次在电视台直播大厅举办专场演出。随后，国家和省市专家组到鲁山考察验收，乡里都要策划组织一些祭祖、山歌对唱等活动，专家们对鲁山牛郎织女文化，特别是遗迹遗存的原生态及民风民俗的独特性印象深刻，给予了充分肯定和认可。

2017 年七夕节，陪同中国文联时任副主席陈建文考察鲁山牛郎织女文化

2009 年 2 月，中国民间文艺家协会正式下文，命名鲁山县为"中国牛郎织女文化之乡"。3 月 31 日，中国牛郎织女文化之乡授牌仪式暨牛郎故里春季山歌会在鲁峰山下三高广场举行，中国民协及省、市、县相关领导出席。除主会场外，仍在鲁山坡上设立了多个分会场，辛集乡重点负责牛郎洞前演出和接待到孙氏祠堂、九女庙、瑞云观等处参观考察的领导、专家学者及媒体记者。这次演出，吸引

了不少外地民间艺人和观众，盛况空前。其间，辛集乡党委政府还和县委宣传部、县总工会联合举办了中国牛郎织女文化之乡利安杯"七夕情缘"摄影大赛，并对获奖者进行了表彰奖励。

授牌仪式后，为进一步巩固申报成果，县、乡每逢春季和七夕节都要举办系列文化活动。中国牛郎织女文化之乡也成为平顶山市继中国曲艺文化之乡后的又一张国字号文化名片，引起了市委市政府的高度重视。2009年8月28日，县里在举办中国牛郎织女文化之乡七夕爱情节大型文艺演出活动时，市县四大班子主要领导全部出席，我还特意邀请探亲的辛集籍战士、汶川大地震极限跳伞十五勇士之一的赵四方参加了活动，规格及规模在全市县级文化活动中是十分少见的。2010年8月16日，平顶山市委市政府、河南省邮政公司主办，鲁山县委县政府、平顶山邮政局承办的《民间传说——牛郎织女》邮票首发式暨中国牛郎织女文化之乡七夕爱情节在鲁山文化广场举行，国家邮政总局和省市县相关领导莅临指导。此外，乡镇党委政府还先后与鲁山三高联合举办了奥林匹克登山赛，和平顶山日报社、可美婚庆公司以及天禧文化传媒公司联合，连续多年举办七夕情缘相亲大会和大型集体婚礼，巧搭鹊桥，婚事新办，收到了较好的社会效果。

中国牛郎织女文化之乡的申报成功，离不开县委县政府及社会各界的大力支持，更离不开一批文化艺术界热心人士的积极参与和无私奉献。

2018 年，作者向参加第二届世界汉字节主题歌《龙的春天》演唱的著名青年歌唱家廖芊芊（右）介绍鲁山

中国牛郎织女文化之乡的申报成功，极大地提高了鲁山尤其是辛集乡的知名度，慕名前来鲁山考察、旅游、投资者越来越多，已先后有多家投资商决定投资以牛郎织女为主题的文化产业。同时，县里还投资数百万元对鲁山坡北侧进行了绿化，环鲁山坡的群众在荒坡上植树的积极性也空前高涨，以致乡里还多次接到要求制止擅自占坡植树

的群众举报，从而也从客观上解决了鲁山坡年年植树不见树的绿化难题，鲁山坡重新披上了绿装，更显灵秀。而更为主要的是通过申报工作，极大地振奋了全乡人民建设文化辛集、美丽辛集的精神和热情，凝聚起了强大的正能量，各项工作都取得了喜人的成绩，辛集乡先后获得全省文化建设先进乡镇、全省先进基层党组织、全省思想政治工作先进单位、全省科普奔小康先进乡镇、平顶山市全面发展十快乡镇等荣誉称号。我虽然做了一些应该做的工作，但组织上也给了我极大的荣誉，先后授予我"全省创先争优党员之星""平顶山市劳动模范""平顶山市思想政治工作先进工作者"等称号。

中国牛郎织女文化之乡牌子虽然抱回了，但是围绕牛郎织女文化的挖掘、保护和开发利用还有很多工作要做，还有很长的路要走。我仍会继续为牛郎织女文化，乃至全县的文化建设竭忠尽智，做出自己积极的贡献！

（2016 年 3 月）

南水北调话"三难"

南水北调中线工程是我国举世瞩目的世纪性工程，从规划放线，到建成通水，历时十余年。作为一名乡镇干部，我亲历了这一伟大工程的建设过程。我2002年初调任鲁山县辛集乡乡长，2005年接任党委书记，2012年调离辛集。这十年，是我人生经历中最不平凡的十年。亚洲最大的火电项目鲁阳电厂、南水北调工程、西气东输工程、中平能化民爆器材公司等国家重点项目先后在辛集乡开工建设，征用土地上万亩。这些工程规模大、工期长、任务重，困难重重，其中最难的要数南水北调工程及移民安置工作了，我感受最深的就是征地拆迁、移民安置和信访稳定"三难"。

一、征地拆迁难

南水北调工程在鲁山县境内途经辛集、张良、马楼、汇源、张官营等5个乡（镇、街道），全长40多公里。其中辛集乡任务最重，渠线工程斜穿全境计12公里，世界综合规模最大的沙河渡槽大部分也在该乡境内，还承担着丹江口库区348户1400多人的移民安置任务。征地拆迁涉及全乡21个行政村，需征用永久性土地2399亩，临时性用地2558亩，需拆迁房屋278户1100多间，还有大量需清理的道路、渠系、树木等地面附属物。

辛集乡位于鲁山县城和平顶山新城区之间，地理位置重要，全乡辖35个行政村，5万多口人，系典型的农业大乡。南水北调工程建设之前，郑尧高速和鲁阳电厂等建设项目已先后在辛集乡开工建设，当时的征迁工作都是等上级具体任务下达后，乡里才布置落实，往往由于前期宣传发动不充分及措施跟进慢而陷入被动，不时出现阻工现象，不仅影响了工程进度，也损害了辛集乡的对外形象。面对南水北调工程这一繁重而艰巨的工作任务，乡党委、政府吸取前几次征地拆迁工作的经验教训，早在2009年南水北调一期沙河渡槽工程举行开工仪式的前半年，便在县移民办的指导下，依据国务院南水北调工程《大纲》，提前谋划，先后印发了《关于南水北调工程致全乡人民的一封信》

《南水北调工程宣传提纲》等宣传材料，并层层召开会议进行宣传动员，在全乡形成了响应国家号召、支持国家建设的浓厚氛围。同时，乡党委成立了以我为指挥长的征地拆迁指挥部，大员上前线，实行班子成员包村、村组干部包户责任制，制订实施了具体的奖惩办法，关键时期一天一汇报，一周一总结。

征地工作既涉及工程建设用地，也涉及移民新村村台建设和移民生产用地。由于南水北调渠线工程是国家级重大项目工程，群众认可度高，再加上宣传发动充分，渠线征地相对阻力较小，仅一个多月就按期完成了任务。但是，在征用接收外来移民所需的2000多亩土地时，遇到了前所未有的困难。移民新村位于辛集乡南部、紧邻鲁平大道，这里是全乡土地最为肥沃的地区，人口密度大，人均耕地不足7分，耕地最少的村人均不足半亩，须由徐营、清水营、盆郭、柴庄、石庙王、白村等7个村共同供地，内部再滚动调整，征地之难可想而知。虽然前期也做了不少宣传工作，但一下子把这么多肥沃的土地供出，大部分群众在心理上还是难以接受，个别群众认为这是从群众口中夺粮，抵触情绪较大，反映也很激烈。

为了按时完成征地任务，保证移民新村建设按期开工，乡里决定组织人员到先期安置移民的宝丰县马川移民新村考察学习。2009年初秋的一天，我带队，班子成员全部参与，组织征地涉及的村组干部及群众代表70多人，分乘两辆大巴，前往宝丰参观学习。马川移民新村紧邻宝丰县城，距平顶山市区 20 公里。这里土地平整肥沃，一般年成的小麦亩产近千斤。马川移民新村虽仅安置了几百口人，但这里百姓把数百亩位置优越的肥沃土地腾出来建设移民新村，并为移民群众提供很多便利，还是对考察组一行触动很大。马川新村考察一结束，我们就组织村组干部、群众代表在宝丰迎宾馆会议室召开了征地动员会。会上，宝丰县移民办负责人和马川移民新村村干部介绍了移民征地安置工作经验，我做了征地动员报告，县政府党组成员张江河也到会做了很有鼓动性的讲话，之后各村负责人和群众代表先后发言。有着 30 多年党龄的清水营村支书韩铁旦动情地说："南水北调是国字号工程。故土难离，可移民群众为大家舍小家，他们携家拖口，到几百公里之外的地方生活，没有理由不接纳他们……"其他村干部和群众代表也纷纷表示：国家建设，全力支持，并带头做好群众工作。乡政府与村"两委"在会议现场即签订了征地框架协议。之后又趁热打铁，让大部分村都相继完善了征地相关手续，从而实现了征地补偿款未发放到户、移民新村已提前动工建设的目标。2009 年 12 月 4 日，平顶山市南水北调征地拆迁暨移民安置再动员会在平顶山饭店召开，我代表乡（镇）做了典型发言，受到了市长李恩东的表扬。

征地协议签订后，在具体征地腾地过程中，由于个别村"两委"软弱涣散，也发生了不少波折。徐营村有 3400 多口人，是全乡人口最多的一个村。这个村需供地 700 多亩，涉及 6 个村民组。其中一个组一直到移民新村开始建设，大部分群众仍然不腾地，不交地。一天，乡里组织召开群众会。会场上，不少人群情激愤，像炸开了锅。大家七嘴八舌，坚决要撕毁协议，不给移民供地。紧急时刻，村里一位老党员站了出来，他说："老少爷们儿，我们村出了个大诗人徐玉诺，他当年在家时一有空闲就挑个拾粪筐，拾满后就随手倒在路边的地块里，这是一种大爱精神啊！人家移民群众为了国家的利益背井离乡来到我们这里，难道我们供些地就不应该吗？"一番话说得群众默不作声了。石庙王村赵家营组因为人均耕地不足半亩，征地难度更大，个别群众死不供地。村组干部、群众代表受不了乡里和群众两头压力，相继辞职，征地工作没有村组干部配合，举步维艰。直到移民群众入住，赵家营80亩地仍然没有正式提供。面对困难和压力，乡里组织所有班子成员带队，分包征地涉及的17户群众，利用各种渠道和资源做工作，限期突破。一次我和乡长赵宪民到村里做工作，走时发现乡政府的车辆轮胎全部被人放气，个别群众甚至骂骂咧咧，工作组的同志们受了不少委屈。就是在这样的情况下，乡干部抱着"骂不还口，打不还手"的态度，一户一户做工作，一个一个解决群众提出的困难和问题。精诚所至，金石为开，征地工作终于画上了句号。

征地任务完成后，征地范围内建筑物的拆迁和附属物的清理也是一块难啃的硬骨头。全乡共需拆除房屋1000多间，还有大量的树木等附属物，其中史庄村李村自然村需整村拆迁搬出。地面附属物清理还好说，但要在规定时间内让李村近 200 户 627 间房屋全部拆除并搬出，仅拆迁群众临时安置就是个大问题。近千间新房难以一时建成，临时安置上级又没有政策扶持。为了群众能在规定的时间内拆迁搬出，乡党委、政府研究决定由政府为群众临时租房支付租赁费，在动员一部分群众投亲靠友暂时居住的同时，动员周围行政村腾出一部分房屋，来安置拆迁户。可即使有这样的措施，大部分群众还是不愿搬离。有一位退休后返乡居住的老干部，具有一定的影响力。他自小在村里长大，后来参加工作，对老家老屋有割舍不掉的感情，不愿搬家，乡村多次工作未果，周围的群众眼睛也都盯着这个老干部。我了解到老干部有个儿子在县城某局工作后，就找到他，让他帮忙做父亲的工作。我和这位干部一起连续两晚做老人的工作，一开始老人要么一言不发，要么"顾左右而言他"。儿子握住他的手说："爸，我参加工作时你反复叮嘱我，要听党的话，勤恳工作……邢书记那么忙，专门来家里做咱的工作，再说南水北调工程也是党的民心工程，咱不能不支持啊！"我也介绍了新安置点的优势和前景。最后，老人抬头望望儿子又望了望我，含泪点了头。为完成搬迁任务，乡、村干部也都是殚精竭虑、央亲托友。分管移民工作的工会主席刘圈良夜里入村工作时，因天黑路滑不慎跌入边沟造成腿骨骨折，但他打完石膏后仍然坚持出院挂着拐杖做工作。终于，278 户群众得到了妥善安置，600 多间房屋三天即完成了拆除。

南水北调大渡槽恰好从鲁峰山前万亩葡萄基地通过。

葡萄基地，还是我到辛集工作后才大规模发展起来的，为此我和乡党委、政府一班人没少费心血。大渡槽经过处需要铲除数百亩葡萄，按补偿标准，每亩葡萄只补偿数千元，可已经到了盛产期的葡萄每亩年收入就达上万元，别说群众心有不舍，就连我的心里也很是心疼。经过乡村艰苦细致的工作，群众还是给予了充分的理解和支持。夏季，葡萄秧苗郁郁葱葱，爬满了支架，一串串刚刚结果的葡萄挂满了枝条。铲除那天，数台铲车冒着浓烟，机器轰鸣，把已经挂果的葡萄一片片铲除时，我和现场不少人都止不住流泪。我感到，其实大多数时候，我们的群众太好了！虽然也有人曾想不通，甚至阻挠，可我理解，那是因为农民千百年来对土地特有的难舍情结啊！

这期间，也有个别人为了套取国家的补偿款，连夜在渠线内栽植了上百亩银杏树苗。乡政府得知后，连夜组织人员进行了果断铲除，确保了渠线工程的顺利施工。

二、移民安置难

移民安置工作是南水北调工程中最关键的环节，事关南水北调工程的顺利实施。根据国务院和省政府的安排，鲁山县作为受水区需安置移民。2004年初，市移民办主任边国志即带领相关人员和专家来鲁山选址，三次调研我都参与了陪同，最后在辛集乡和马楼乡确定了两个安置点。

经过多次查勘论证，辛集乡将安置点选在了桃园村的东南地。2009年初省政府做出了丹江口库区移民安置工作"四年任务，两年完成"的决定后，淅川县先后派出人员到鲁山实地考察。最后市县领导通知我说根据实际需要将马楼乡安置点并入辛集，成为一个安置点，主要安置淅川县盛湾镇河扒村移民1500人。紧接着盛湾镇镇长聂俊毅和河扒村的"两委"干部也先后来到辛集乡对接和考察，河扒村群众代表还暗中来了两次。经过实地考察，他们认为桃园安置点缺乏水源，且交通不便，强烈要求将安置点移到离新城区近且临近鲁平大道区域。本着把最好的位置、最肥沃的土地拿出来供给移民群众的要求，县、乡最后按照移民意愿确定安置点放在清水营村南紧邻鲁平大道的地块。

2009年10月，移民新村动工兴建，工期1年，由县移民办负责建设。为了赶工期，村舍建设分十二个标段，中标的十几个工程队一齐入驻动工建设。工地上红旗招展，机声隆隆，一片繁忙景象。为了确保工程质量，除县移民办聘用的工程监理外，乡里成立了移民新村工程服务协调监督组，河扒村也派来了几位群众代表入住鲁山专程监督工程进度和质量。由于时间紧、任务重，再加上秋后不停下雨，移民群众代表经常因进度及工程质量等问题与施工方发生争执和纠纷，乡里及县扶贫办做了大量的协调工作。省、市对移民新村建设也高度重视，市里还拨出专项补贴款，要求移民新村结合新农村建设高起点规划高标准建设，主管移民的副省长刘满仓也曾多次到建设工地暗访调研。

移民新村建设开工的同时，乡党委、政府已开始考虑迎接和安置移民的工作了。在和淅川县盛湾镇领导的交流沟通中，了解到河扒村是丹江口库区多次移民后组成的村子，社情复杂，再加上班子不健全，战斗力和号召力不强，搬迁工作难度较大。我和乡长赵宪民同志先后多次前往盛湾镇河扒村对接，和村组干部及群众座谈，介绍鲁山，尤其是辛集乡的发展情况和优势条件，了解当地干部群众的所思所想。邀请河扒村群众代表到辛集来，参观鲁阳电厂等在建项目及葡萄种植等产业，实地感受辛集人民的热情好客和发展成就。还派出政治可靠、作风过硬、能力强的同志前往河扒村，做进一步的了解沟通。为确保移民群众搬得出、稳得住、能发展、可致富，我们还针对河扒村群众和辛集乡的实际，向市、县就产业扶持等方面提出了不少意见和建议，如实行县直部门联系帮扶移民户、对移民发展种植业进行资金补助等建议，在安置过程中先后被采纳实施。

2010 年 9 月 4 日，是移民搬迁的大喜日子。鲁山县委、县政府高度重视，县委书记、县长亲自挂帅，四大班子成员分工负责，县、乡各单位分包移民户，组织了 300 多辆搬运移民的车辆。车队出发后绵延数十里，浩浩荡荡。移民接回后，省市县相关领导参加又举行了隆重的欢迎仪式，场面之壮观，场景之感人，令人终生难忘。移民搬迁那天，乡长赵宪民随搬迁车队前往淅川，我在家配合县里全力做好移民迎接及安置工作，从迎接会场布置、移民家具货物搬运到保障三天的生活所需，周密安排，使移民进入房间

作者陪同国务院政策研究室原副主任杨雍哲（左三）
调研南水北调工程建设

即可生活。看到移民群众平安接回并满意地入住新居，我十分欣慰，悬着的一颗心也落了地。

移民群众入住后，围绕移民搬得来、稳得住、发展好，乡党委、政府抽调精干力量入村到户，协调解决群众入住后遇到的困难和问题。由于一下子进入一个新的生活环境，部分移民情绪波动较大，常常拿一些枝节问题，如个别房屋出现裂纹、土地质量不好等问题说事。2000 多亩生产用地，由于仅有 80 亩因特殊情况没有按期供地，移民群众不接地，不分地。已到了播种季节，可已经征收的 1000 多亩土地还没有移交到移民群众手里。乡里无奈只好由政府组织统一种上小麦，之后施肥、除草、灭虫，并组织了几十人的护青队，艰辛备尝。小麦成熟后，乡里又组织收割机收割，粮食变卖后，再折价发放给移民群众，中间产生的费用，全由乡政府承担。之后再种上玉米。为此乡政府共种收了两季庄稼。移交土地时，部分移民群众坚持剔除边沟渠埂，否则不接不分；分地时，由于丈量工具的原因又分丢了数十亩。按政策这些都是不符合规定的，但为了不误农时和稳定移民群众情绪等大局，县、乡最后不得不多征了几十亩地给移民群众补齐，并承担了这部分费用，总额数百万元，使本来就十分困难的乡政府也背上了沉重的财政负担。

在安置好丹江口水库移民的同时，辛集乡还面临着渠线拆迁后靠群众的安置工作。全乡共需要安置后靠群众 278 户近千人，规划设计了张庄、三西、辛集、李村四个后靠安置点，其中李村整村搬迁 196 户 821 人。由于后靠安置与丹江口水库移民安置补助标准不一致，倾斜政策少，群众意见大，个别拆迁安置户不腾房不拆迁，即使后来搬出，冬季来临也不主动建房。为此乡党委、政府采取了一对一帮扶、奖补先进等措施，逐户做工作，并争取到了上级新农村建设奖补资金等倾斜政策。在建房形式上，采取政府主导、农民自建或联户建房等方式，快速推进新村建设和安置工作。当看着乡党委、政府实心实意为群众着想，以及排排整齐漂亮的新居拔地而起的时候，群众由不理解到理解，从抵触转变为积极配合，李村安置点用了不到一年时间，群众就陆续搬进了新居。

三、信访稳定难

信访稳定工作作为乡（镇）的一项重要工作。乡（镇）干部随时都有因信访稳定工作被上级通报或问责的风险，大部分乡（镇），尤其是人口多、项目建设任务重的乡（镇）更是动辄得咎，苦不堪言，以致出现了个别乡（镇）只务信访，不愿主动招商而错失发展机遇的现象。

南水北调工程等国家重点项目先后开工建设后，连续多年是市县信访稳定先进乡（镇）的辛集乡上访量陡增。这些信访事件中，除政策宣传不到位、个别干部作风不实等因素外，信访问题大多集中在工程占地多、补偿标准低、补偿款分配缺乏明确的政策、失地过多农民的生活问题等方面。乡党委、政府先后印发了《国家重点项目征地补偿政策摘录》《关于优化外部环境支持国家建设的意见》等文件进行宣传和政策解读，但由于涉及面广，情况复杂，信访稳定工作仍然显得十分严峻。

一个夏季的中午，我刚吃过饭，上百名失地群众即涌入乡政府围到了我的办公室，我当即出来接待群众。在群众的厉声质问和闹嚷中，有一个老太太喊着："不让我们活，就把我杀了吧！"一头撞在我的胸脯上。我顶着火辣辣的太阳反复劝导，直到声音嘶哑，群众情绪才稳定下来。

河扒村移民群众搬迁到辛集后，因房屋质量问题、征用土地问题多次上访。特别是征用生产土地问题，因为原先移民新村选址在桃园村南，以旱地为主，当时县移民办宣传材料上写有人均一亩三分地，后来移民新村南移到了以水浇地为主的鲁平大道一侧，人均耕地不到一亩二分。个别移民群众以鲁山县不守信用为由先后到省、市进行上访，后来又串联一部分群众背着被盖回到了淅川县政府上访，坚决要求回迁。此事惊动了省、市，我和县政府党组成员张江河等第一时间赶到了淅川县。经反复做工作，并请示主要领导承诺了一些"特殊优惠"后才把这些移民群众接回。这期间，先后有两名移民群众因车祸死亡，一些移民又借此上访，乡里派出工作组吃住在村，昼夜工作，使这些问题也都得到了妥善解决。

面对大量的信访，为了尽可能把问题化解在基层，不给上级添乱，乡里想了不少办法。乡政府率先在全县建立了高标准、宽敞的接待中心，班子成员轮流值班，每周都要召开班子会研究信访工作。每周一到周三，我都是上午七点半上班，重点接待上访群众，直到把群众送走，大部分时间我每天中午吃饭都在下午两点左右。我粗略统计了一下，从2010年5月至10月不到5个月的时间，我就接待群众2800多人次，平均每天接待群众近20人。虽然乡里为信访工作花费了大量精力，想了很多办法解决移民群众的困难，还是发生了两起移民群众到省、市集体上访。辛集乡受到了省、市的通报问责，要追究包案干部的责任。这些矛盾和问题，很多是因上级政策不完善和乡村实际之间的矛盾造成的，可出了信访案件，就要乡村干部来承担，说实话，我想不通。一天，县信访领导小组副组长、县政

淅川移民喜迁鲁山辛集河扒移民新村

协副主席宁惠灵同志到乡里督查信访问责事项。当我汇报到移民上访的特殊性及乡村干部为南水北调工程顺利实施日夜操劳及耗费的心血时，竟禁不住潸然泪下。宁主席也深受感动，回到县里后，她主动向县主要领导进行了汇报，并以县信访领导小组的名义向市里进行了书面汇报，取得了市县信访部门和领导的理解。此后，平顶山市改进了信访考核办法，凡是因南水北调工程引发的政策性上访，只登记不通报，原则上不予责任追究，从而大大减轻了基层的压力。

信访压力虽然得以缓解，可由此也引起了我对信访稳定工作的一些思考。如何变群众上访为干部下访，把问题解决在基层，消除在萌芽状态，关键是如何调动基层干部的积极性。为此，经酝酿讨论，我主导在全县率先成立了村级人民调处中心，吸收村干部、群众代表、人大代表、政协委员以及退休老干部参加，每月5日、15日、25日是全乡集中调处日，村在职干部轮流值日。调处日当天，包村干部、大学生村干部全部入村。需职能部门介入解决的乡相关部门派人参加。同时向群众公示接访时间、接待人员等，党委、政府还制订了相应的督导和奖惩措施。这一创新举措，有效地调动了基层干部的积极性，解决了群众上访无人管、基层干部懒政怠政等行为，取得了较好的社会效果，得到了市县的肯定，平顶山市群工部专题在辛集乡召开了现场会，在市县进行介绍推广，群工部部长袁银亮和县委书记荆建刚亲自参会并讲话。后来辛集乡设立村级人民调处中心的经验还在全省相关会议上进行了介绍，《中国纪检监察报》《平顶山日报》等新闻媒体也先后对此进行了报道。

2011 年，辛集乡被省委、省政府授予移民迁安先进集体，我个人也被省委、省政府授予移民迁安先进工作者。

2014 年 12 月 12 日，南水北调工程正式通水。流经鲁山那天，已经调回县城工作的我一人登上了毗邻大渡槽的鲁峰山，站在山顶，眺望着壮观的大渡槽，目送着一泓碧水向北流去，我感慨万千，泪流满面……

（2017 年 11 月）

缘结大漠航天城

"墨子"升空遨苍穹，

故里儿女热血腾；

量子通讯泽天下，

科技峰巅又一程。

——摘自发给酒泉卫星发射中心的贺信

要不是先圣墨子做缘，我做梦也想不到会受邀到我国航天事业的发祥地、圆梦地——充满神秘色彩的中国酒泉卫星发射中心做客。

2016 年 8 月 16 日凌晨，在中国酒泉卫星发射中心，世界首颗量子卫星"墨子"号发射升空，举世欢腾。墨子，这位我国古代伟大的思想家、教育家和军事家，世界级百科全书式的科学巨匠，是他最早发现了光沿直线传播，设

参观火箭发射塔（摄像：许 辉 石随欣）

计了小孔成像实验，被公认为是光学通讯、量子通讯的鼻祖。量子卫星以墨子命名，将航天文化与墨子文化深度融合，充分彰显了我国文化和科技的高度自信。作为墨子故里的鲁山县，我们第一时间向酒泉卫星发射中心发去了祝贺信，不久就收到了中心回复的感谢信。之后，围绕"弘扬墨子文化，学习航天精神"，鲁山和中心积极互动，建立起了深厚的情谊。

初冬时节，受县委、县政府委托，我们一行在县政协主席张振营的带领下赴酒泉卫星发射中心慰问及学习考察。从中原腹地出发，途经洛阳、西安、兰州、张掖、酒泉等地，行程 2000 余公里。当我们穿越茫茫戈壁，到达酒泉卫星发射中心核心区东风航天城时，负责接待我们的中心政治部特意安排，让司机拉着我们绕航天城主干道转了一圈。航天城地处内蒙古巴丹吉林沙漠西北边缘，面积虽仅数平方公里，但宽阔的马路、整齐的绿化带、气魄的友谊桥，邮局、超市、酒店以及周恩来总理特批建设的会议礼堂，让人目不暇接、惊喜连连，恍如进入了梦幻的世界，与我们印象中的"天上无飞鸟，地上不长草，风吹石头跑"的荒漠形成了鲜明的对比，航天城已成为矗立在大漠深处一座功能日趋完善的特殊城市。我们惊诧于这一方海市蜃楼般的戈壁绿洲，惊叹于一代又一代航天人用勤劳和智慧所创造出的人间奇迹，更为我们伟大祖国日新月异的发展变化感到无比的自豪！

在中心的安排下，我们先后观看了云海一号气象卫星的发射，参观了中心历史展览馆、发射场、问天阁、测发指挥控制中心以及生态环境建设示范区，瞻仰了东风革命烈士陵园等，使我们感受到了浓浓的情谊，经受了一次灵魂的洗礼。

在卫星发射现场，火箭点燃喷射的火焰和隆隆的响声如同绽放在荒漠上的绚丽礼花，撼人心魄，礼赞着新中国航天事业从无到有、从小到大、从弱到强、从封闭到开放的恢宏历史。我痴迷仰望着，腾空的火箭犹如一把利剑刺向苍穹，拖焰奋进，渐行渐高，最后变成了一个白点，融入黎明的太空，如晨星闪耀——现场的掌声和欢呼声响起，我才从遐思中回过神来。

在中心历史展览馆，那一幅幅记录航天发展史精彩瞬间的图片让人心驰神往、感慨万千；那一个个反映航天人艰苦创业、无私奉献的故事让人顿生敬仰、热泪盈眶。航天人中，有的祖孙三代心系航天、薪火相传，无悔无怨生活战斗在大漠；有的在供电保障等岗位默默工作了几十年，近在咫尺却没有观看过一次现场发射；被誉为两弹结合实验"七勇士"之一的河南籍英雄徐虹，是当年留在发射实验地下掩体内唯一的一名战士，发射前曾留下遗书。退伍后，二等功证书上因为保密需要没有注明立功缘由，地方上不予承认，即使后来企业倒闭，家庭困难，他也没有找组织解决。说起这些默默无闻的英雄，陪同我们的芦干事曾数度哽咽，正是在这些英雄们的感召下，他入伍来到航天城，一干就是十多年，并且一再推迟婚期，去年还干脆把娇妻幼女也从条件优渥的兰州接到了航天城——难怪总书记给中心航天人写信说："正是有了你们的英勇奋斗和无私奉献，我们中国人民和中华民族的底气才更足，腰杆才更硬，说话才更有分量！"

在东风革命烈士陵园，我们满怀虔诚和崇敬，祭拜了为祖国航天事业做出突出贡献的聂荣臻元帅及700多位

向东风革命烈士陵园敬献花篮（摄像：许　辉　石随欣）

"热血洒边关，忠骨埋戈壁"的革命先烈。这些先烈中，有相当一部分是中心初创时期、在恶劣艰苦的环境中血洒大漠或累倒在岗位上的，也有调离或转业内地但情系大漠，死后奉其遗嘱归葬大漠的。开国元帅聂荣臻，在新中国百废待兴、西方层层封锁的关头，主动请缨，以国务院副总理身份兼任了国家航空工作委员会主任。他带领第一代航天人，发扬红军长征的红色精神，从血与火的战场来到大漠深处，披荆斩棘，呕心沥血，从而实现了一个又一个零的突破。作为开路者和奠基人，他深知航天事业的艰难困苦，生前曾特意嘱咐死后要将骨灰葬在大漠——河南籍战士王来，看到发射阵地的火箭推进剂突然失火，24岁的他不顾一切地冲向火海扑救。当扒掉战友身上燃烧的衣服，特种燃料的气化分子却顷刻使他成为"火炬"。为了保护设备和战友，全身燃烧的王来留下最后一句吼叫"别过来"，便义无反顾地奔向戈壁，在他身后留下了38个焦黑的脚印——令人惊奇的是，在极其恶劣的荒漠环境中，王来墓前竟奇迹般地长出了一棵榆树，渐渐长大，枝干坚挺，好似烈士那不屈的灵魂。

两天来，大漠的辽阔、苍凉，航天城与发射场的秀美、壮观，巨大的反差时时冲击着我们的视神经，感动着我们虔敬的心灵。一代代航天人自组建那天起，就始终秉持"党的需要大于一切，国家利益高于一切，忠诚使命重于一切"的价值理念，任务再重压不倒、困难再大挡不住、环境再苦摧不垮，创造了中国航天史上发射第一枚导弹、第一颗人造卫星、第一艘载人飞船等数十个第一和中国国防科技史上一个个非凡的奇迹，谱写了一曲曲壮国威军威、摄党心民心的飞天壮歌。航天人那种"艰苦创业、无私奉献、科学求实、开拓进取"的航天精神，是我们中华民族最可宝贵的精神财富，值得我们大力学习和弘扬，这也正是作为贫困县的鲁山来中心慰问和学习考察的目的所在。

感谢乡贤墨子，两千多年前，他发明制作的"木鸢""飞三日不下"，这应该就是人类航天史上史书记载最早的航天器，他和鲁班比巧的鲁阳风筝山，应该就是中国航天梦的肇始地。从这里起步，历千年风雨，爱洒大漠，梦圆航天城，从而开启了中华民族伟大复兴的新纪元！正是：

墨子行大爱，

缘结航天城。

种下鲲鹏志，

共圆复兴梦。

（2017 年 1 月）

我的业余通讯员生涯

　　1982 年 7 月，我从漯河师范学校毕业后，直接被分配到了鲁山最西北山区也是我的故乡背孜乡工作。当时基层尤其是山区人才奇缺，分配前，背孜乡党委已派人给教育局打了招呼，打算让我接任乡团委书记。回到乡里后，我即留在了乡政府，协助已担任乡政府秘书的乡团委书记许春祥同志工作，先后参与了基层团组织整顿、计划生育等项工作。三个月后，由于上级下发文件，明文规定各级政府不得从教育系统调人，乡里又把我安排在乡教育办担任教师辅导员。背孜乡地处深山区，教学条件极差，全乡教师队伍中，大部分是民办教师或临时代课教师，正规师范毕业的教师寥寥无几。按照分工，苗国利老师负责辅导数学，我负责语文教学的辅导。刚出校门就为老师们上辅导课，其中就有我上学期间的老师，我心中十分忐忑和不安。

虽然现在看来真有点不可思议和笑话，但也是当时山区教育人才极度匮乏的真实写照。在老师们的鼓励帮助下，我倾其所学，精心备课，认真辅导。几节课下来，我的辅导课得到了老师们的一致肯定和好评，特别是辅导的汉语及拼音教学法，深受老师们的喜爱和欢迎。一位我上小学时的老教师握着我的手，不无鼓励地说："很好，很好，读读师范就是不一样。咱山区条件这么差你能回来工作，我代表父老乡亲谢谢你！"一句话说得我心里暖乎乎的，深受鼓舞。

　　一年来，山民们的勤劳朴实，山区工作者们的吃苦耐劳、无私奉献，时时感动着我，使我总有一种写作的冲动。这期间，乡文化站站长韩运老师找到我，让我协助他利用业余时间，编办乡政府大门口墙上的黑板报。以前黑板报也办了多年，但内容单一，大多是上级政策和农业知识摘抄。我接受任务后，就和韩运老师一起，利用这个阵地，增加了乡村工作动态和好人好事等栏目，从内容的选取、到版面的设计乃至书写，我承担了大部分的任务。黑板报每周更新一次，逢重大节日重点打造，即使我后来调到学校从事教学工作也没有间断。黑板报的编办，犹如给闭塞的房间吹入了一股清新的风，立即受到了乡党委政府的表扬和社会的好评。

　　一个周日的上午，我正在抄写一篇表扬稿，下乡回来的乡党委副书记刘新然刚好看到，就对我说："小邢啊，咱们黑板报上的一些内容很好，也很典型，不仅咱们可以宣传,也完全可以往上面投投稿嘛!"在刘书记的提醒鼓励下,我开始试着把一些自认为有宣传价值的稿件向有关媒体和单位投寄。不到一年时间,我即投寄稿件三十多篇,但统统如泥牛入海——没有半点消息。稿子没用,倒耗费了几十张邮票!我深感懊丧,就决定撒手不干了。1983年11月的一天,我突然收到了鲁山县人民广播电台的信函,里面有两张稿件采用通知单,有通知我参加县广播电台举办的业余通讯员座谈会的邀请函。我受宠若惊,就按时到县城参加了业余通讯员座谈会。后来我才知道,县广播电台为了培养壮大通讯员队伍,就从全县投稿者中遴选了一部分有一定写作功底的同志参加了会议,同时,鉴于山区稿源奇缺,电台编辑照顾性地从我写的稿子中选取了两篇读者来信修改后予以采播。会上,我有幸聆听了几位老师的发言,特别是在当时已小有名气的业余通讯员,如观音寺乡的段孝和、磙子营乡的胡同一以及赵村乡的常万举老师的典型发言。他们的文化程度并不高,但他们执着于基层新闻报道的精神令人感动。段孝和是一位乡文化站临时工,多年来痴迷于新闻报道的采写,酷暑夏夜,无空调,无电扇,为了赶写稿子,他打盆凉水放在桌下,双脚跳进盆内坚持写稿。段孝和后来成长为鲁山县委宣传部副部长、平顶山日报社驻鲁山记者站站长。胡同一是一位民办教师,他情系基层,勤奋认真,采写了不少高质量的反映民生的稿子。后来他被选调到县委通讯组转正提干,先后任县委宣传部办公室主任、文联党组书记。常万举是一位退休教师，他身退心不退，像年轻人一样奔波于山乡村寨采写稿子，成为大家尊敬的通讯员大伯。同时，从他们的经验介绍中，我也了解到一些新闻报道的相关知识及写作技巧。别小看一篇"豆腐块"消息，除选题外，结构上还分"标题、导语、主体、结尾"呢！难怪自己写的稿子不被采用，原来自己写作不对路，满篇都是"学生腔、八股调"，鬼才用呢！这次会议上，我成了鲁山人民广播电台的在册通讯员，并启用笔名"邢中卿"投寄稿件。1984年初，我又参加了县委宣传部召开的宣传报道工作会议，通过以会代训的形式，学习了党的宣传政策，明确了一个时期的报道重点，视野得到了进一步的开阔。这时，鲁山已划归平顶山市管辖，《平顶山日报》也成为重要的宣传报道阵地。由于掌握了新闻报道的一些特点和写作方法，从1984年4月至12月，我利用课余时间采写的近20篇稿件《连夜送存折，事小见风格》《背孜乡党委重视在知识分子中发展党员》《贴告示辞宾朋》《背孜乡经联社实行农民接待日》《背孜乡经联社积极开展外联解决农民卖蛋难》《一位义务修理工》《青春似火》等先后被《平顶山日报》、鲁山人民广播电台等新闻媒体刊发。其中介绍残疾民办教师李富弘身残志坚、坚守在偏远教学一线的长篇通讯《青春似火》发表于1984年11月9日的《平顶山日报》，《背孜乡经联社积极开展外联解决农民卖蛋难》还被平顶山日报社编辑部加了编后语：支持和保护农村先进生产力的代表，疏通流通渠道，努力做好为专业户服务的工作，是促进农村商品生产发展的重要一环。鲁山背孜乡经联社在入夏后鲜蛋暂停收购的情况下，积极开展外联业务，解除养鸡专业户售蛋难的做法，令人钦佩，值得称赞。

1985年7月，我考取了郑州大学新闻系函授班，参加了郑州大学在鲁山设立的函授站的函授学习。经过三年的系统学习，使我无论是新闻知识还是写作水平都有了提高。

随着一篇篇稿件的发表，找我提供新闻线索的人越来越多，不仅政府、单位和学校开展一些活动会告知我，社会上发生的突发事件或群众关注的热点问题会有人第一时间向我反映，就连邻里发生些纠纷也会找我让我说说公道话。所有这些，我都会积极对待，认真梳理。有价值的，就深入现场调查了解，掌握第一手资料，选取角度报道；没价值的，我也虚心学习了解，权当知识储备。在学校，我连续多年教两班语文课，并兼任一个班班主任，同时还担任着乡教育团总支书记，任务繁重。为了不影响教学工作，我常常利用星期天和节假日采写新闻稿子，有时为了兼顾新闻的时效性，我会在学校下晚自习后连夜赶写稿子。

在学校工作的日子里，虽然清苦劳碌，但每当看到孩子们在学业上取得的一个个进步时，总会感到无限的欣慰，尤其是看到一个个鞠躬尽瘁奋战在教学第一线而无怨无悔的老师们，自己会在感动之余生发出宣传他们、学习他们、不向命运低头的奋进之力。民办教师田丰时家住县城，1979年，刚到背孜乡任教育专干的同学找到他，想让他帮帮忙到山区任教，"山里太缺乏教师了！"他不顾家人的反对，辞去了当时人们羡慕的街道会计职务，抱着试试看的态度来到了背孜中心小学任教。谁知他一干就是八年，他深深地爱上了山里的孩子们，他把魂儿完全交给了大山。我和田老师相处一年，田老师的敬业精神和一丝不苟的工作作风给我留下了深刻的印象，使我情不能已。我写出了人物通讯《悠悠大山情——记鲁山县背孜乡中心小学民师田丰时》发表于 1987 年 11 月 8 日的《河南日报》上，在社会上引起了较好的反响。教师匡中安患肺癌肺叶被切除了五分之三，被医生判定其生命最长不超过三年。出院后匡中安缠着领导谢绝照顾坚持上班。十六年来，他"得寸进尺"，从收发员到班主任，又担任小学校长，他以校为家，殚精竭虑，并多次晕倒在讲堂上。采访他时，他已瘦得皮包骨头，体重不足 80 斤。但他乐观坚定，心中考虑的始终是学校的发展。我和着感动的泪水连夜赶写出了通讯《深山"不倒翁"——记鲁山县背孜乡中年教师匡中安》，于 1988 年 12 月 8 日发表于《教育时报》第三版上。文章发表后，县、乡相关部门都对匡中安老师进行了慰问和宣传，后来匡中安老师还被推选为全国优秀教师，受到了教育部的表彰。

除关注山区教育工作发展外，我还把采写的触角伸向了社会的方方面面。大到社会关注的热点问题，小到山区百姓的所盼所需。先后采写了《背孜乡多措并举做好扶贫工作》《背孜乡积极发展苇编生产等产业》《要不是保险，我家非垮台不可》《山区农民有六盼》等新闻在新闻媒体发表，为山区的发展鼓与呼。对于突发性事件和灾情，在征得政府和单位的同意后我也会及时予以关注和报道。1988年8月，鲁山西部山区突遭特大暴雨袭击，灾情严重。背孜乡石板河村灯草沟组临河而居，因上游水库溃坝而致整个村庄被洪水吞没冲毁。当时正值深夜，老支书发现灾情走出大门时，院内水已齐腰深。他顾不得家中的老娘，立即叫醒了附近的几位党员和群众，紧急转移群众，抢救物资，把灾情降到了最低限度，抗洪抢险的情节惊险感人。接到乡政府的通报后，第二天上午我即赶赴受灾村庄进行调查走访，写出了《当村庄被洪水吞没的时候》，于1988年9月7日在平顶山人民广播电台播出。在以正面报道为主的同时，我也注重新闻正视问题、匡正时弊的作用。荡泽河是西北山区的主要河流，也是西北山几个乡镇的母亲河，由于上游几家采矿企业直接把污水排进河道，致使河水污染严重，河床淤塞，鱼虾大量死亡，沿河群众反响强烈。我经过调查，写出了《荡泽河在哭泣》一文寄给了有关部门或新闻媒体，引起了政府和相关部门的重视，对相关企业进行了整顿或关停，使荡泽河水终于又变成了清流。

有时即使一些正面的报道也会招来想不到的麻烦。在郑州大学新闻系函授学习期间，了解到函授同学刘海涛任县五金厂厂长，他思想解放，敢闯敢干，硬是把一个濒临倒闭的企业起死回生，效益连增，事迹典型。我利用在县城听课的间隙采访了刘海涛，并写出了通讯《三脚踢活一个厂》在鲁山人民广播电台播出。谁知播出后竟引起了该厂原任负责人的强烈不满，以宣传现任贬低过去为由上告到县委宣传部。为此宣传部责令电台成立了专题调查组，先后到五金厂、背孜乡等地进行了调查。如此等等，都是我没少纠结和苦恼，也没少受妻子的数落"自找麻烦！"。但是一想到自己反映的问题能够得到重视或解决，自己也就释然坦然了，也使自己从中受到了教育和启发，采写新闻报道时也就更加注重新闻的真实性、客观性和全面性，以及写作的技巧性了。

20世纪80年代初期，虽然已经实行了改革开放，但山区的物质条件仍然极度落后，山民们文化生活更为贫乏与单调。当时整个背孜乡也就只有一台14寸黑白电视机，每到周末，都有不少山民们涌进乡政府观看电视。1986年，我兼任了乡团委副书记，在乡团委的支持下，我结合乡政府驻地背孜村团支部，建起了广播站，利用村部高音喇叭，每天早中晚吃饭时间向群众广播，重点播送党的方针政策、乡村新闻、致富信息、好人好事等。我还借来录音设备，模仿刘兰芳、王刚等大家，录制了小说连播节目，先后播送了《钢铁是怎样炼成的》《轮椅上的梦》等小说节选，收到了较好的宣传效果。此外，我还先后策划组织了攀登雪山、跨县考察、自行车慢赛、春节联欢晚会等活动，活跃了山区群众和校园的文化生活，这些活动，我写出新闻后也大都在相关媒体进行了宣传报道。1987年、1989年，我先后被平顶山团市委授予"优秀团员""新长征突击手"荣誉称号。

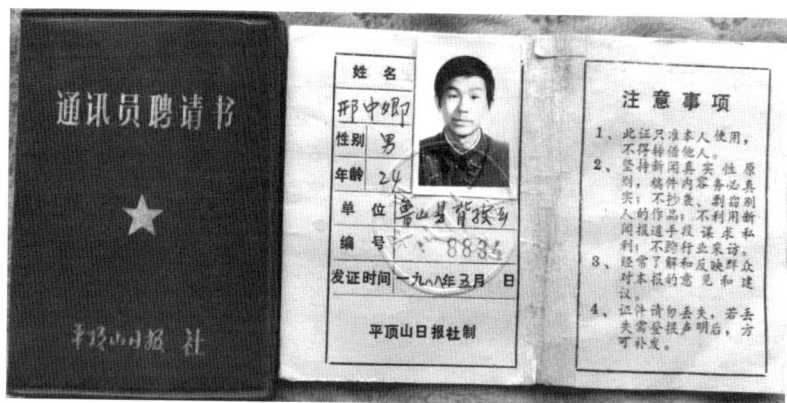

平顶山日报社颁发的通讯员证（1988年）

1984年到1990年，我共在《河南日报》《教育时报》《平顶山日报》、平顶山人民广播电台、鲁山人民广播电台、汝阳人民广播电台等新闻媒体发表新闻作品一百余篇。1987年，我被鲁山县委办公室聘请为信息联络员，1988年4月，被平顶山日报社聘请为通讯员，1988年，被鲁山县委评为"优秀通讯员"。

几年来通讯报道工作的历练，使我开阔了视野，活跃了思维，对开展语文教学产生了积极的影响。我以提高学生的阅读兴趣为重点的教学方法创新，有效提高了学生们的阅读能力和写作水平。在全县开展的两次中学生征文大赛中，我所指导的学生先后有五人获得一、二等奖，我也被评为优秀辅导老师。我连续多年被评为优秀教师和优质课教师。此外，新闻做媒，还使我收获了爱情。和妻子恋爱时，一天我和她一起从大街上经过，正好听到电线杆上的有线广播正在播送由我写的通讯改写的配乐散文《荡泽河在呼唤》，妻子感到很惊讶。婚后她告诉我，刚接触我时总感到我太老实，听了我写的文章后，感到我不仅仅是只会待在学校喝粉笔末的主，还是能在社会上划两下的"才子"呢，因而对我又看重了一层。

1990年7月，我被选调到鲁山县委办公室从事信息、政策研究等文秘工作。由于离开了乡村，再加上工作性质的改变，我即中断了通讯报道的写作。

（2020年3月）

我在基层创省优

2002年6月，我从鲁山县乡镇企业局党组副书记、副局长岗位上调任辛集乡党委副书记、政府乡长，2005年9月担任乡党委书记，在辛集乡工作长达十年。

辛集乡地处鲁山县东部，西邻县城，东与平顶山新城区和宝丰县接壤。全乡总面积92平方公里，北部属贫瘠的丘陵地带，焦柳铁路、省道242线穿境而过；南部为肥沃的平原，古老的大沙河流经小河李、庙王、程村等七个村子，与马楼乡、张良镇、磙子营乡隔河相望。特殊的地理位置和历史原因，使得辛集乡的社情较为复杂。曾几何时，扒抢盗窃铁路运输物资的"铁道游击队"名噪一时，临近大沙河的一众沙场更是"沙场如战场"，纷争不断，甚至还出现了1998年群众大闹乡政府的恶性事件。为此，多届乡党委政府都把社会稳定工作作为压倒一切的政治任务，倾注了大量心血和汗水，经济和社会发展也都取得了显著的进步。我到辛集工作后，也主动挂帅，把大部分时间和精力都用到了邻近沙河的庙王、贯刘等几个村的信访稳定上。

几年来的工作实践使我深刻认识到，农村工作千头万绪，基层组织建设至关重要。凡是大局稳定、经济社会发展好的地方，都有一个坚强有力的支部班子，都有一个公道正派、务实重干的带头人。围绕加强基层组织建设、充分调动党员干部的积极性，我和党委一班人在干中学、在学中干，在配齐配强村支部班子的同时，重点在学习教育和载体创新上进行了积极的探索，取得了显著的成效。

党员集中学习日

初到辛集时，全乡几乎没有一家像样的企业，经济基础十分薄弱。为尽快改变这一被动局面，乡党委政府制订了具体的措施，力求在招商引资项目建设上有所突破。副书记马源举听说一客商打算建一个投资数千万元的纺织厂，就动用关系把这位客商引到了辛集。乡里热情招待，详细介绍了辛集优越的区位优势和有利条件，我还陪着客商在全乡转了一天，初步选定了建厂位置，客商十分满意。但就在客商准备与乡政府签订建厂协议时，外人一句"听说辛集人老赖"让客商产生了动摇，企业最终没有落户辛集。这件事对我及班子触动很大，随即就在全乡持续不断开展

2010年，平顶山市委书记赵顷霖到辛集乡调研基层组织建设工作。左三为赵顷霖，左四为县委书记荆建刚

了以优化外部环境为主的形象教育。在优化外部环境动员会上，我对党员干部，尤其是主要干部提出了"三勤三高"的明确要求，即勤学习、素质涵养要高于一般群众，勤动脑、处事智谋要高于一般群众，勤自律、对外形象要高于一般群众。

一天，因征地拆迁纠纷，某村十几位群众到乡里反映村支部书记的问题，一位老党员情绪激动地说到支部书记两年了没开过一次党员会，党员们对党和政府的政策什么也不知道，意见很大。实际上，我在深入基层工作时，不止一次有党员提出支部长期不召开党员会的问题。经过认真思考，我在乡党委会上提出了设立党员干部集中学习日的建议，得到了大家的一致赞同。不久，乡党委即下发了《关于设立党员干部集中学习日的通知》，规定每月的 25 日为全乡的党员干部集中学习日，并从指导思想、目标任务、学习内容、年终考评等方面都提出了明确的要求。每逢党员干部集中学习日，乡党委政府班子成员、乡包村干部也都要列席所联系村的学习会，传达或领学党的方针政策和相关精神，听取党员干部的意见和呼声。这些学习举措，有效提高了党员干部的综合素养，增强了党支部的凝聚力和战斗力。从此，再也没有听到党员干部反映支部书记不组织党员学习这些问题了。

"三树三带"活动

2006 年，根据上级党组织关于培育"双强型"党支部的要求，结合辛集实际，我们在村级党组织中开展了以"树正气、树形象、树新风；带队伍、带头富、带民富"为重点的"三树三带"活动。通过召开动员会、培训会、支部会、党员会等形式，很快在全乡形成了活动热潮，并培育树立了带头发展葡萄种植的张庄村支部书记张平阳和带领群众发展"三粉"加工业的荆疙瘩村支部书记张清洋等一批先进典型。

张庄村位于鲁峰山东麓，土地肥沃，是牛郎织女爱情故事的发源地，有种植葡萄的传统。20 世纪 80 年代群众开始大田种植，我到辛集工作时葡萄面积已发展到数百亩。一次我下乡检查工作，发现成片成亩的葡萄藤被群众刨掉，田埂地沟里扔得到处都是。见到支部书记张平阳问起此事，他一脸的痛惜。张平阳 1975 年从部队退役回到村里后，率先在自家承包田里试种葡萄。他自费外出考察学习，刻苦钻研技术，种植的葡萄亩产效益逐年提高。看到希望的群众在他的影响下也开始种植葡萄，他倾其所学，手把手地教授村民们葡萄种植管理技术。当上村干部后，他更是把心血和汗水倾注在了葡萄种植面积的推广和效益的提高上。然而随着葡萄种植规模的不断扩大，销路成了大问题，由于管理技术落后，葡萄产量高、品质差，卖不上价钱，再加上通往村外的道路是条狭窄的土路，一下雨，产品运不出去，大量的葡萄烂在地里，导致部分群众灰心丧气，一砍了之。听了张支书无奈而又带着惭愧的叙述，我的心情十分沉重。回到乡里的当晚，我立即主持召开了乡党委班子会，研究了支持葡萄产业发展的意见：一是乡里组织外出考察学习，并聘请郑州果树研究所等单位的专家来到辛集对果农进行培训；二是拨出专项经费用于张庄村外出宣传推销；三是立即规划上报张庄村连接县乡主干道的道路硬化项目，争取早日建成通车。随着这些措施的逐一落实，张平阳的劲头更足了，他把视野扩大到了全乡。2008 年，乡里成立了葡萄种植产业党支部，张平阳兼任支部书记。从产业规划的制订，新技术的推广，到产品的营销，他都殚精竭虑、一丝不苟。目前，以张庄为中心的葡萄种植已发展到辛集乃至附近的乡镇三十多个村，种植面积上万亩，葡萄种植已经成为当地群众增收致富的支柱产业。张庄葡萄先后被国家有关部门授予无公害葡萄种植基地和"一村一品"示范基地。

张清洋 20 世纪 80 年代初担任荆疙瘩村支部书记。荆疙瘩村东临八里坡，数千亩的沙土坡耕地十分适宜种植红

张平阳向县委组织部组织的基层组织建设现场会的领导们介绍葡萄产业发展情况

薯，是辛集乡的产薯大村。张清洋接任支部书记后，经过考察论证，就把发展"三粉"（粉条、粉皮、粉面）加工作为带领群众脱贫致富的主导产业，并通过干部带头、聘请专家培训、引进机械设备、外出宣传营销等措施予以强力推进。到2003年，全村60%的农户都在从事"三粉"加工，其中年产上万斤的就有20多户，年产粉条近25万公斤。荆疙瘩粉条渐渐成为当地的品牌，产销县内外。"三粉"加工业发展起来了，但白乎乎的薯渣堆得到处都是。张清洋就和村"两委"干部形成共识，利用薯渣带头发展生猪养殖，并很快在"三粉"加工户中发展起来，至2006年，全村出栏生猪已达3000多头，年增收入数百万元。"三粉"加工和养殖业的发展，鼓起了村民的口袋，荆疙瘩村成为了远近闻名的富裕村。然而，由于排污设施滞后、管理不规范，污水到处排放引发的日益严重的环境污染又成为张清洋颇为头疼的问题。一次，县委书记刘全新来到荆疙瘩村调研产业发展情况，张清洋直言不讳地向刘书记汇报了自己发展中的苦恼。刘书记建议荆疙瘩村要开阔思路、拉长产业链条，利用猪粪等废水发展沼气、变废为宝，还推荐老张到刘书记曾任职的石龙区等地考察学习。刘书记十分肯定张清洋带领群众发展"三粉"加工和生猪养殖的做法，离开村子时还把手机号码说给老张，让他有事随时联系。不久，在县乡的支持下，建沼气很快在荆疙瘩村形成了高潮。沼气的推广应用，不仅使群众做饭照明用上了清洁能源，也使村里的环境卫生得到了极大改善，荆疙瘩村"种植红薯—'三粉'加工—生猪养殖—建设沼气"的发展模式受到了县乡的肯定和表彰，张清洋也被选树为"双强"型支部书记的典型。一次在全县党员干部扩干会上，刘全新书记特意表扬了张清洋，并说张清洋进县城开会给他带了一箱荆疙瘩粉条，他从来不收基层的东西，但这次他特意留下，品尝后感到荆疙瘩粉条就是好吃！刘书记的夸赞更使荆疙瘩粉条美名远扬。

"联树保促"活动

随着鲁阳发电有限责任公司、平煤民爆公司、南水北调工程、淅川移民新村、西气东输工程等大型项目陆续开工建设，辛集乡面临的征地拆迁、发展稳定任务繁重而艰巨。如何调动全乡人民，特别是党员干部的积极性是我一直思考和探索的重要问题。在强化基层组织建设、开展好"三树三带"活动的同时，针对无职党员作用发挥不到位、创先争优动力不足问题，2009年初，我们在全乡党员干部中开展了"联农户、树形象、保稳定、促和谐"活动，建立党员干部联系农户责任区，把向广大群众宣传党的方针政策、帮助群众理清发展思路、积极为农户办实事好事、化解矛盾纠纷、引导农户讲文明等作为联户的工作职责，并制订了严格的考评制度，实行了党员自评、党员互评、群众代表测评、支部审评，初评结果统一公示、总支统一审定、党委统一命名表彰的"四评三统一"考评办法。2010 年 4 月，中共中央办公厅印发了中央组织部、中央宣传部关于在党的基层组织和党员中深入开展创先争优活动的意见，2010 年 5 月，河南省委组织部、宣传部也出台了以"做科学发展先锋队，当中原崛起排头兵"为主题，以创建"五个好"先进基层党组织、争做"五个表率"优秀共产党员为主要内容的创先争优活动实施意见。这些意见的出台更坚定了我们开展好创先争优工作的决心和信心，根据上级党委的指示精神，结合辛集乡的发展实际，我们又及时对"三树三带"活动和"联树保

2011 年，平顶山市委组织部部长李萍到辛集乡调研创先争优工作

促"活动方案进行了充实和完善。

党员干部责任区的建立,使党员干部心有组织、肩有责任、干有方向,有效地调动了他们参与乡村治理的积极性和主动性,各项工作都呈现出良好的发展态势。全乡1100 多名党员干部共联系农户 10200 户,至 2010 年 6 月,共化解矛盾纠纷 130 起,为群众办好事、实事 800 多件,引进致富项目 110 个,评创出先锋模范党员 282 名。2009年,辛集乡被评为平顶山市全面发展十快乡镇,2010 年 7月 8 日,河南省创先争优活动《简报》第 64 期以《践行科学发展、创新破解难题、争当发展先锋——鲁山县辛集乡"四项活动"推进创先争优》为题介绍了辛集乡的典型做法,《河南日报》《平顶山日报》鲁山电视台等新闻媒体也先后予以采访报道。2009 年 6 月,辛集乡被河南省委组织部授予全省"五个好"乡镇党委,2011 年 1 月,辛集乡被河南省委授予河南省思想政治工作先进单位,2011 年 6 月,辛集乡被河南省委授予全省先进基层党组织。2012 年 1 月,我本人也被河南省委创先争优活动领导小组授予"创先争优党员之星"荣誉称号。

（2020 年 10 月）

我与刘杰的三面之缘

我国"两弹一艇"元勋之一——刘杰，1915年生于河北威县，九一八事变后参加革命，先后任中共北平市委委员、农委书记，晋察冀第三特委书记，察哈尔军区政委、省委书记，豫西区党委第二书记，地质部党组书记，二机部部长，河南省委书记，1982年至1987年为中顾委委员，是功勋卓著的老一辈革命家。

年轻时的刘杰同志

我与刘杰同志见过三次面，每次见面都给我留下深刻的印象。

2007 年，是鲁山解放 60 周年。六十年前的 1947 年下半年，我人民解放军由战略防御转入战略进攻。晋冀鲁豫野战军陈（庚）谢（富治）兵团以横扫千军之势，渡过黄河，挺进豫西，接连解放了豫西十几座县城。1947 年 10 月下旬，陈谢兵团第九纵队二十五旅经伊阳、临汝县境进入鲁山县的背孜、瓦屋一带，摧垮了地方反动势力，解放了背孜、瓦屋。1947 年 11 月攻取县城并解放了全境。11 月 19 日，豫陕鄂边区行政公署和豫陕鄂后方司令部在鲁山成立。1948 年 5 月，豫陕鄂边区按照中共中央指示划分为"豫西""陕南"两个行政区。1948 年 6 月 1 日，中共豫西区党委、豫西区行政公署在鲁山县城成立。张玺任区党委书记，刘杰任第二书记。为了纪念中共豫西区委成立暨鲁山县解放 60 周年，鲁山县委、县政府于 2007 年 6 月举行了系列纪念活动，邀请了部分当年曾在鲁山战斗、工作、生活过的老领导、老同志前来考察、指导。九十三岁高龄的刘杰受邀莅鲁，刘杰同志的夫人李宝光曾在河南工作，并担任过主要领导职务，也一同受邀参加了相关活动。

2007 年 6 月 22 日，鲁山县委、县政府在下汤镇玉京宾馆隆重召开了"纪念中共豫西区委成立暨鲁山县解放 60 周年座谈会"，曾在豫西战斗生活过的老领导刘杰、李宝光、刘正威、安清明、刘裕民、文香兰等以及市县主要领导出席会议，我作为豫西整党会议会址所在地辛集乡的党委书记参加了座谈会。会上，刘杰同志做了一次生动、深刻的讲话，他回顾了豫西区党委成立前后的时代背景和发展历程，讲了改革开放初期他在河南工作时对市场经济的理解及经验教训，谈了通过几天来的考察对鲁山的感受，并从扩大资源的利用率、加快旅游业的发展和发展绢花、食用菌等特色产业几个方面对鲁山的发展提出了中肯的建议。尤其是他提到的与三个"3"的缘分让人印象深刻，他说：1948年33岁时，他南征北战来到河南鲁山任豫西区委第二书记；1978年63岁时，党中央派他到河南担任省委书记；而今93岁时，他又一次回到了河南鲁山参加纪念活动。从此可见他对河南、对鲁山怀有的一种特殊的感情。九十多岁的老人思路如此清晰、逻辑如此严密，让人感佩不已，话音刚落会场即响起了经久不息的掌声。散会后我在会场门口等人时，正好看到刘杰在县党史委主任于庆彬等人陪同下从会场走出，出于崇敬我主动上前问好。于主任向刘杰介绍了我，说我是程村整党会议所在乡镇的党委书记，刘杰微笑着点点头，握住我的手嘱托道：程村整党会议很重要，一定要把会址保护好，并加以挖掘利用。会后，我和于主任牢记刘杰同志的嘱托，在县委县政府的支持下，多方筹资数十万元在程村会议旧址叶家大院辟建了程村整党会议纪念馆，并请刘杰为纪念馆题了词。程村整党会议纪念馆建成后先后被市县确定为爱国主义教育基地和党风廉政建设教育基地，在加强基层党员干部教育方面发挥了积极的作用。

　　离开鲁山后，刘杰仍关注着鲁山的发展，一直和鲁山保持着联系。

　　2014年5月26日，适逢刘杰同志和夫人李宝光回到河南信阳考察居住。联系沟通后，我和于庆彬同志、县党史委党崎歌同志一起，带着鲁山人民的深情厚谊前往信阳拜会刘杰。当我们走进信阳宾馆刘杰同志的住处时，刘杰和夫人李宝光已在儿媳徐晓娟的搀扶下在门口迎接我们了。我们走上前去，刘杰和我们一一握手表示欢迎。刘杰衣着朴素，虽然眼睛因战争年代受伤视物困难戴上了墨镜，但精神依然矍铄，思路清晰。他详细询问了这些年鲁山的发展情况，当听到鲁山这几年发展很快，山区大部分群众通过发展乡村旅游、养殖种植脱贫致富时，老人高兴得像个孩子似的拍手说道："好啊！好啊！鲁山是个好地方！"当我们拿出祝贺他期颐之喜的书法作品念给他听时，他再次拍手说道："好啊！好啊！过奖了！谢谢你们啦！"并幽默地说："还没过呢，可一百岁了。"逗得我们都笑了起来。战争年代南征北战，研制"两弹一艇"呕心沥血，"文革"期间几度沉浮，经历了那么多人生风雨，老人身体依然如此健康硬朗，豁达乐观的情绪也许是重要原因吧！攀谈过程中，我提出鲁山打算建鲁山十大历史名人展馆和中国牛郎织女文化产业园，想请老人家题个词时，刘杰谦虚地说："我写字不行，还是让宝光同志写吧。"李宝光同志曾任河南省委副书记、郑州市委书记，全国妇联副主席，退休后任多年中华炎黄文化研究会副会长兼秘书长。豫西革命纪念馆落成后李宝光同志曾亲笔为纪念馆书写了楹联："挺进豫西逐鹿中原势如破竹追穷寇尽收北国，决战淮海饮马长江壮若卷席歼余顽一统金瓯"，书法浑厚大气。刘杰同志一说，李宝光同志即爽快答应了我们的请求，表示写成后通知我们。交谈中，李宝光得知我近年来倾情鲁山地方文化，并兼任鲁山炎黄文化研究会负责人，就主动提出她出面让我们与中华炎黄文化研究会对接，为鲁山的文化建设做点贡献。后来，李宝光同志多次向中华炎黄文化研究会

刘杰和作者在一起

有关负责人推介鲁山，赵德润、梁枢等负责人也曾先后应邀到鲁山调研，为鲁山的文化建设提出了不少中肯的意见和建议。中午，刘杰和李宝光同志又挽留我们在一起吃了午饭后，我们才告辞离去。

2015年6月的一天，刘杰儿媳徐晓娟通知我们，刘杰和李宝光同志到了郑州，让我们去取已写好的题词。接到消息后，我们为刘杰、李宝光同志年事虽高但重情重诺的精神所感动。我和于庆彬同志驱车赶到了郑州省委第一招待所，刘杰同志的儿媳徐晓娟在大门口接到我们并带到了刘杰住处。刘杰同志在沙发上坐着，我们一进屋他即在保姆的搀扶下站了起来。他显得十分高兴，拉住我的手让我坐在他身边。他询问了鲁山的发展情况，动情地一字一句地说："鲁山是个革命老区，鲁山人民为祖国的解放事业做出了突出贡献，一定要想办法加快发展，让人民群众早日脱贫致富！"每次见面，念念不忘的总是老区人民的发展和福祉，这是一种怎样的精神境界啊！我点点头，表示一定要把他的嘱托告诉鲁山人民，一定不会辜负他老人家的期望。李宝光拿出了她为鲁山十大历史名人展馆和牛郎织女文化产业园题的词，我们表达了诚挚的谢意。这时，刘杰出人意料地笑着对我们说："既然你们来了，我也献丑为你们写点字吧！"他在人搀扶下颤巍巍地走到书案前，拿起儿媳蘸好墨汁的毛笔，为我和于庆彬同志分别写了一幅书法作品，给于庆彬写的是"闻鸡起舞"，为我写的是："慎思独远"。吃饭时老人特意为我们点了几个菜，说要让老区来的代表吃好。徐晓娟女士告诉我们，平时老人吃饭十分简单，从不浪费，虽然到了需要人照顾的高龄，但老人从不向国家提出额外要求，日常开支、雇用保姆等费用都是自掏腰包。听了介绍，我们再次为老人对鲁山人民的深情厚谊和长期以来形成的艰苦朴素精神所感动。告辞时，我邀请老人家再次回到鲁山指导，他握住我的手说："我年龄大了，行动不方便了！可能去不了啦。祝鲁山越来越好！"望着这位饱经沧桑的百岁老人，我的眼睛有点湿润了，我在心中默默祈愿他老人家健康长寿、幸福永远

（2018 年 11 月）

向英雄致敬

——参加刘杰同志追悼会侧记

2018 年 9 月 23 日 21 时 20 分，104 岁高龄的"两弹一艇"元勋刘杰因病在深圳逝世。

9 月 25 日上午，我主持召开鲁山历史文化大讲堂推进会。会议快结束时，参加会议的县党史委原主任于庆彬同志收到了刘杰同志的儿媳徐晓娟女士发来的微信，告诉了刘杰病逝的消息。我得知后深为悲痛，就和于庆彬同志商量向县委报告。会议一结束，我即直接向正在参加平顶山市人大政协会议的县委书记杨英锋同志作了汇报。杨书记听了汇报十分重视，指示县委办主任贾源培和我会商刘杰同志的悼念事宜。当晚，县委、县政府即向刘杰同志治丧办公室发去了唁电，电文如下：

刘杰同志治丧办公室：

惊悉中共中央顾问委员会原委员、中共河南省委原第一书记刘杰同志病逝，我们十分悲痛。谨致电深表哀悼，并向刘杰同志亲属致以最诚挚的慰问。

1948年6月至1949年2月，刘杰同志任豫西区党委第二书记期间，曾在河南鲁山工作生活。在他随后的革命和建设生涯中，对鲁山人民始终怀有深厚感情，关心关注鲁山发展，多次到鲁山视察指导工作。鲁山人民时刻铭记在心、永志不忘。

我们深切缅怀刘杰同志，必将化悲痛为力量，继承和发扬刘杰同志的崇高精神和优良作风，牢记使命，扎实工作，努力把鲁山建设得更加美好。

刘杰同志永垂不朽！

中共鲁山县委

鲁山县人民政府

2018年9月25日

根据与刘杰同志的三次交往，我及时写出了《我与刘杰同志的三面之缘》通过"豫见鲁山"微信公众号发表，以示悼念之情。《鲁山简报》也安排专版，发表了纪念文章。

9月28日上午11点，县委贾源培主任打来电话，说因县里主要领导都在平顶山市参加人大、政协会议，县委书记杨英锋决定让我代表县委县政府，带着县党史办主任翟留松、原主任于庆彬前往深圳参加刘杰同志的吊唁活动。刘杰同志的告别仪式定于 9 月 29 日上午举行，由于时间仓促，再加上临近国庆节，经多方联系后，我们总算买到了晚上从郑州新郑机场飞往深圳的客机。匆匆赶到机场后，飞机因流量原因推迟起飞，直到夜里 11 点 40 分才从新郑起飞，到达深圳维也纳酒店住下时已是 29 日凌晨 3 点半了。

早上 7 点钟，于庆彬同志叫醒我，他已和刘杰同志的儿媳徐晓娟联系上，让我们赶到深圳迎宾馆，早餐后统一乘车前往殡仪馆。上午 8 点 30 分，来自中央和地方的代表分乘数辆大巴来到了深圳市郊的深圳市殡仪馆。整个告别仪式十分简朴，我们先到殡仪馆休息厅签到，领取小白花和刘杰同志生平介绍的文本，学习刘杰同志的事迹介绍并等候通知。仪式前，我们特意到告别大厅休息室拜见了刘杰同志的夫人李宝光及其家人，带去了鲁山人民的深切哀悼和慰问。已 97 岁高龄的李宝光虽显疲惫，但精神尚好，老人看到我们即从沙发上站起来和我们握手，并向在座的介绍说，这是河南鲁山来的代表，鲁山是刘杰解放战争时期战斗生活过的地方。尤其是老人直接称呼我的职务，令我十分感动和不自在，毕竟李宝光老人资历丰富，德高望重，她 1937 年就参加了革命，曾任晋察冀边区抗日救国联合会妇女部长、河南省委副书记、郑州市委书记、全国妇联副主席等职，不过从此也可看出老人对鲁山印象的深刻以及对基层干部的尊重。

10 时，告别仪式开始，人们在工作人员的带领下四人

作者代表鲁山人民向刘杰同志夫人李宝光表示慰问

一组逐一走进告别大厅。大厅布置得庄严肃穆，正中墙上悬挂着刘杰同志微笑的近照，慈祥、乐观，上方是"沉痛悼念刘杰同志"八个大字。两侧分别摆放党和国家领导人以及中共中央办公厅、国务院办公厅等国家机关敬送的花圈。鲁山县委县政府敬送的花圈与刘杰同志出生地河北威县的并列放在左侧正中，足以感到刘杰及其家人对鲁山人民的特殊感情。水晶棺内，刘杰同志静静地躺着，身上覆盖着中国共产党党旗。哀乐低沉，大地悲泣。我们怀着崇敬并悲痛的心情向刘杰同志三鞠躬，然后绕着水晶棺瞻仰了刘杰同志的遗容，向这位功勋卓著的共和国英雄作最后的告别。

中午，我们参加了刘杰同志家属举办的午餐会。刘杰同志的夫人李宝光代表家人向前来参加告别仪式的亲朋好友、各地代表表示了感谢，她说："刘杰同志所做的工作组织上已给予了充分的肯定，我就不再多说了。我 1938 年与刘杰同志相识、相爱，风风雨雨走过了八十年，刘杰同志对党忠诚、为人实在、工作勤恳，无论遇到什么困难和挫折，他都能坦然面对，积极处之。刘杰同志虽然去世了，但他也给我们留下了一些值得学习的东西。大家要学习他好的精神，结合各自的工作，在习近平总书记的带领下，不忘初心，牢记使命，勤勉敬业，为实现中华民族伟大复兴的中国梦作出积极的努力。"午餐会上，刘杰同志的亲朋、老部下及家乡来的代表先后发言。我也代表老区人民发了言，我简要介绍了鲁山的基本县情和发展现状，回顾了刘杰同志自 1948 年在鲁山战斗生活、之后又多次到鲁山调研与鲁山结下的不解之缘，表示鲁山人民一定不会辜负他老人家的期望，会以不破楼兰誓不还的决心和勇气，咬定目标，务实重干，坚决打赢脱贫攻坚战，让老区人民早日过上幸福美满的生活。我发言时，李宝光同志两次插话，她说："鲁山山清水秀，是个资源丰富的好地方，很有潜力。鲁山还是刘姓祖庭，大家特别是姓刘的同志抽时间要去看看！相信鲁山的明天会更加美好！"

作者与刘杰同志儿子刘大山（左三）在一起

　　下午5时许，我们来到李宝光同志居住的宾馆向老人道别，并不揣冒昧向老人提出了把刘杰同志生前用过的物品或资料捐赠一部分存放鲁山豫西纪念馆陈列等意见和要求，李宝光同志十分重视我们的意见，特意把儿子刘大山和刘杰同志的原秘书叫到跟前，要求他们逐一记下来，表示要认真对待，研究后予以答复。

　　斯人已去，风范犹存。老区发展，重任在肩。当晚我们即离开深圳，乘机回到了脱贫攻坚战犹酣的鲁山。

（2018年10月）

第四编　世态掠影

　　生活如万花筒，映照出各色人等，也衍生出许多情和事，兴之所至，信手涂鸦………

雅士张公

貌似笑弥勒的张公镇坐公司保管科，以雅著称。

张公平生一大嗜好，就是引酒为友，一天不呷上两杯，就会如丧魂魄，如坐针毡。不过，张公酒醉，既不"斗诗百篇"，亦不"三杯草圣传"，而是见纸拿纸，见笔拿笔，见椅拉椅，别具风格。

一日，张公从办公室颠出，口吐狂言，自诩李白、张旭转世，手拿办公室茶杯三具，朝家内迤逦而去。翌日，人们发现，茶杯复归原位，一时人们道奇，视为笑柄。从此，张公一发而不可收，每每酒醉，必拿物品颠颠家去。酒醒后，必赧然歉然再三，复把物品归回办公室或仓库室。如是，张公遂雅名四扬，人亦多见不怪，或夸张公真乃奇士，或借此佐笑于饭后茶余。

不久，公司仓库内连连闹鬼：三套茶具失踪，两把折叠椅不见，一台收录机不翼而飞，如此等等，不一而足。不过敬请看客放心，这般这般可是天知地知公知，而鬼神莫知！（且慢，看客，你道这是愚夫所向壁杜撰不成？实话告诉你，这是张公"千金"看上愚夫，为示心诚而以真言相告。）

张公上班，还是一副笑弥勒模样，镇静自若。张公每天还是照醉不误。人们话及张公还是取笑如常（且慢，看客哪知张公肚内已平添些许窃喜也！）

邻家一七岁孩童撞见张公，被张公爱怜地拍拍脑瓜，头一歪，猛不丁发问："张叔，你酒后总爱拿东拿西，我从没见你把自家的东西拿出一件呢？"

张公哑然，脸色由黄转红，由红变紫，怒曰："黄口小儿胡言乱语，焉知大人之事！"说毕，拂袖而去。

（1985 年 3 月）

竹

"宁可食无肉，不可居无竹"，这话，大概是苏东坡的吧。

还好，我家庭院里正好植着一丛竹子，蓊蓊郁郁的。能与竹子为邻，我总有一种高雅素洁与充实的感觉，每次下班归来，我尤爱围着竹子鉴赏一番，要说爱竹子，我的这点雅癖还是源于爸爸的熏陶呢。

爸爸稳重少言，在劳作之余总喜欢培植几盆花木绿草安置在书案、窗台上，并经常凝视临摹。有一天，爸爸不知从哪里搞回了几棵竹子，亲手栽在了院子里。

你瞧，绿叶在微风的吹拂下，像是在向爸爸点头致意哩！嗅花草溢香、睹竹影婆娑，这幽雅的环境，使来我家"光顾"的人也不由啧啧称羡。

然而，也正是这一丛没有灵性的竹子给爸爸带来了厄运。据说，种花赏竹，乃是过去文人雅士不满现实，为逃遁时世而采取的处世态度。爸爸附庸风雅，这是明显的对现实不满，对形势有抵触情绪……

工作组勒令爸爸写出检查，并在两天之内将竹子砍掉。

凄厉的寒风无情抽打着竹叶，发出"飒飒"的战栗声，爸爸手扶竹子，两行混浊的泪水从两颊滚落，砸在飘落的竹叶上，发出了微弱的叹息。

嗵——嗵！竹子应声倒下了，爸爸从此也得下了难以医治的疾病而卧床不起了。

从此，全家人谁也没有再提养竹的事来，岁月流逝了，而翠竹的影子却在我的脑海中愈加清晰起来。每当我看到野外或图画上一丛幽篁，几株修竹，我的心就火燎油煎般难受……

一天，已平反的爸爸从学校那回来，我远远见他肩着一簇什么。

啊，是竹子，青枝绿叶的竹子！我惊喜地迎了上去，从爸爸肩上接过来，小心地抱着。我亲切地用脸蛋挨着那有节次的竹子，泪水润湿了我的眼眶。

爸爸满意地看着我栽着竹子，好像有一阵春风在吹拂着他。

我不解地问："爸爸，你为什么这样酷爱竹子？"

爸爸沉思了一下，笑着反问："你说呢？"我当时真被弄了个傻眼。

最近，因爸爸画竹子出了名，远近索画的人可多了。你看，在爸爸的卧室正墙上，一幅苍翠挺拔的《翠竹图》

笔力刚健细腻，还有爸爸用正楷亲笔写的十二个大字："守铁石之深衷，励松筠之雅操。"

啊，爸爸，我明白了…

（1985 年 5 月）

七　嫂

　　七嫂去世已十五年了，然而，每当想起那不堪回首的一幕都令我心惊肉跳。

　　七嫂嫁给七哥，纯属偶然。七嫂温柔善良、美丽纤巧，而七哥强悍粗直、眼斜鼻歪。强大的反差曾使不少人为七嫂扼腕叹息，引为憾事。也是七哥艳福，七嫂打柴落崖，被他碰上才捡了条活命。后来，七嫂就和家人翻了脸嫁给了七哥。

　　一年后，七嫂生下了大妞；大妞刚一岁，就有了妹妹二妞。

　　这时，七嫂的小脚婆婆，也就是我四奶开始变了脸色。四奶对我妈说，女人家不会生娃子，那还算女人吗。

　　七嫂也变了，她寡言少语，心事重重；同时更温顺勤劳了。她好像欠着四奶什么似的，对熬成婆的四奶又敬又畏。四奶说，走，往奶奶庙去！七嫂就家奴似的低顺着眼挽着四奶去了。

三妞落生的时候，七嫂挨了七哥一顿好揍。"我叫你没本事！"七哥黑丧着歪鼻脸骂着。第二年，四妞就被七哥扔到了大路边。

七嫂哭肿了双眼，美丽的眼圈由灰变青，乌黑的秀发蓬乱焦枯，掺进了根根银丝。

从此，七嫂憔悴的脸上多了几分哀怨，添了几许无望的虔诚。七天一求仙，五天一拜佛，强捏鼻子不知吞下了多少土单验方。

那次，从中岳庙回来不久，七嫂肚子就奇迹般地凸了起来。四奶慌了，卖掉猪崽找"马二钩担"占了一卦。尖嘴猴腮的"马二钩担"抖着山羊胡子一拍胸脯："如此心诚，男孩无疑。若不应验，提着马二钩担日他娘！"

四奶老脸舒展了，数落得粗手笨脚的七哥手足无措，弯腰打揖地伺候七嫂。

七嫂的脸上泛起了红晕，整夜整夜地赶制童衣。七嫂清晰地感到胎儿在宫内拳打脚踢，有时竟将内衣顶了个大高。那天我妈去看七嫂，七嫂抑制不住喜悦，托妈妈帮她绣条金龙。

当七嫂长而痛苦的呻吟传到四奶耳中的时候，四奶犹如听到了天国的仙音。她浑浊的双眼放着神奇的亮光，颠着小脚忙个不停。

"哇"的一声，接生婆草草截断脐带，叹息着走出了屋外。"女的！女的！"屋外是七哥绝望的喊声。同时，只听室内一声尖叫，七嫂昏厥了过去。

第二天一大早，人们在村后的古柳上找到了吊着的、骇人的七嫂。

人们哭着将七嫂抬进了家门。五妞还在床上甜甜睡着，小小的脸蛋及绣了金龙的藕荷色兜肚上涂满了红红的泪痕。

（1989 年 7 月）

四　叔

　　四楞锭子，国字脸，肤色黝黑，一笑两眼眯成一条缝，像秫秆篾儿利过一样。

　　这就是四叔，四叔为人粗爽、狠直。每年护秋，不是将人家的鸡子药死，就是把人家的猪崽打瘸。那年，堂伯的母猪一不留神蹿出拱吃了生产队一棵红薯秧，就被四叔拉下脸来罚款三元。堂伯不服，骂他六亲不认，四叔二话不说汇报到大队部。堂伯被揪斗了两场，回家一口气背不过来，山羊胡子一撅，寻死去多年的八爷去了。

　　四叔挨了不少骂。四叔是光棍，也很怪，每次听到别人骂他"绝户头"，五大三粗的汉子都要跑到奶奶坟头潶潶大哭一场。

　　当时我还小，弄不明白既然人们那么恨他，骂他，为什么每年护秋生产队还总是选中四叔。土埋半截的人啦，还图个啥？"图个啥，老子不熬几月眼儿，你吃个毬！"四叔小眼一瞪，随即就眯成了一条缝。

真的，一入秋季，我从未见过四叔困过盹。娃们偷掰玉米烧吃，他也会像幽灵似的猛然出现在眼前，吓得娃们扔下玉米哭叫着飞窜。

外队的秋庄稼总是糟蹋得不成样子，唯独我们队的庄稼齐整旺相。每年收获分成，四叔都要眯着眼儿围着粮堆转上一圈，犹如皇帝爷巡视自己的子民。

想不到土地联产承包到一家一户的时候，四叔就像失掉了魂儿，焉不拉唧的，整天傻愣愣呆坐在村后的山坡上，望着白云飘散聚合。即使有时候心里发痒，从庄稼地里撵回村一头两头猪崽、牛娃，也会被人们说为多管闲事，或挨一顿臭骂。四叔丧着脸，比我爷爷死时还难看。

看到四叔笑脸，是我接到大学录取通知书将要启程那天，四叔到车站送我。四叔粗粝的大手握人真疼，他说："卿崽，咱家祖祖辈辈就出你一个读书人，可要争气啊！"

四叔从提兜里掏出双崭新的长筒胶鞋，硬塞进我的包里，歉然说："四叔也没啥送你，这双生产队里奖的胶鞋甭嫌赖，反正四叔也用不上了！"

我暗自好笑，四叔真糊涂，省城净是水泥地面，用得上长筒胶鞋吗？但望着四叔转暗的面庞，我终于还是收下胶鞋，握别了四叔……

后来，父亲来信说，四叔承包了大队砖瓦厂，效益很是可观。

我很高兴。我知道凭四叔的倔劲和勤劳，早已瘫痪的大队砖瓦厂定会起死回生的。

果不其然，分到省城工作的那年，我忽然收到了四叔的来信。字迹虽然枝六八杈，错字、别字连篇，但字里行间洋溢着兴奋自豪之情。四叔说，这两年咱山里变化可大了，抽空也带着你们城里的同学来山里转转……去年，四叔拿出五万元，让吃水下沟爬坡的村民们用上了干净卫生的自来水；还捐了一部分款修缮了原先跑风漏气的村小学；五保户生活费也不用群众摊了……信的最后，四叔还挺幽默地补上一句："四叔国庆节就要当新郎了，望卿崽回来吃四叔的喜酒。"

回乡探亲的头一天，我转遍了省城的所有书店，特地为四叔购买了一大摞有关企业管理方面的书籍，这是四叔在信中反复强调的。我很佩服四叔的勤奋和变化，听说四叔已和回乡省亲的一位台商签订了合同，准备在家乡开办一座现代化果酒加工厂。家乡有的是山果，这一点优势竟被啃了几十年土坷垃、没进过一天学堂的四叔参破，足见四叔的精明。

车在山村小站停了下来。

变了，变了！车站旁破败的土地庙（也就是村小学）荡然无存，被一幢拔地而起的三层楼房代替，琅琅读书声阵阵传来。尤其是村后山坡上那高大气魄的白色水塔，让人恍如置身童话境界。这是四叔的功劳啊！我仿佛看到了那眯着一条缝的笑脸。

父母到车站接我，我没有看见四叔。四叔肯定很忙，我没有问。四叔一定陶醉在即将做新郎的喜悦中，我想。

一进堂屋，我猛然愣了一下，挨着爷爷奶奶、放着一帧四叔镶着黑框的放大照片。

"娘，四叔呢？"

我看见父亲颤了一下，黯然低下了头。母亲撩起衣襟抹开了眼窝。

"你四叔殁了——"

四叔死了，连人带砖瓦厂被突然而至的山洪卷走了。他是带着新的向往与来不及品尝的幸福走了的。

（1984 年秋）

山菊花

　　山菊花盛开了，一簇簇，一团团，傲霜挺立，迎风飘舞，把千沟万壑、平地山冈点缀得荧荧煌煌、曼妙无比。那醇酽的清香啊，在空中酝酿、涌动，沁人肺腑，动人肝肠。此时此刻，我孤独地伫立在这无垠的簇菊丛中，睹物伤情，泪水不禁模糊了双眼。朦胧中，那金黄的云霓里，一张熟悉而又憔悴的笑脸闪入我的眼帘。啊！是菊花姐，是你，是你啊！

　　那年九九重阳节，您领着我们登上了风光旖旎的九峰山。登临极顶，同学们欢呼雀跃，指点江山，各述己志。您也好像年轻了许多，眼角的鱼尾纹舒展开来，满脸的憔悴一扫而光。您唱起了《我的祖国》《洪湖水浪打浪》，一支接一支，同学们完全被您的歌声迷住了。我痴痴地听着——我真想不到您会有如此清脆美妙的歌喉。虽然您对自己的身世很少提及，但我还是依稀听说了您那锦绣的童年以及您那被打成反动学术权威的教授爸爸。说实在的，当时我怎么也不相信这会是真的，凭我对您的印象，您怎么会是坏人的女儿呢？

山顶小憩，同学们都不约而同地将一束束灿若云霞的山菊花捧到了您的面前。金光辉映，浓香裹挟里，您的眼中闪动着晶莹的泪光。也许是多情的学生们没有忘记您的生日？也许是那束束祝愿拨响了您那慈母般爱的心弦？反正我看得出您这时是多么激动啊！良久，您用慈祥的目光巡视了一下围在您身边的学生们，示意大家坐下。您从山菊花的不起眼，讲到了它的药用价值，进而又讲到了它的质朴、高洁。最后，您充满深情地说："你们看，山菊花的内在美与外在美是多么和谐地结合在了一起，它纯朴、美丽而又默默无闻，装点着秋天，净化着空气。它把自己的香与色毫无保留地献给了这个世界……"我和同学们静静地听着，犹如春风从心头拂过，又如清泉从心田流淌，一种激情、一种冲动在心中悄悄升起。菊花姐，做人要做像菊花那样的人，对吗？

下山的路上，您把我这个学习委员招呼到了身边，笑着问道："小娟，你说说你毕业后的志向是什么呢？"我不假思索，满有把握地回答："我毕业后准备报考地质学院，将来做一名地质勘探队员，像您说的那样，默默无闻地为人类寻矿觅宝！"您宽厚地笑了，但您还是温柔而深沉地说："我看，你毕业后还是报考师范学校的好。"您没有说出为什么让我报考师范，反正我当时是极为扫兴的，谁愿做个人们视之为"一把盐"的那个"教圈儿"呢！"教师是把盐，尝尝有点咸，人人离不了，就是不值钱！"您这不是强人所难吗？然而，望着您那慈母般摄人心魄的目光，我还是违心地点了点头……

世事易逝，春秋几度。如今，我已从师范毕业，回到了我们这个连鬼神也头痛的穷山沟，做了一名教师，可菊花姐却不在了，永远地离去了。是癌症这个十恶不赦的魔鬼把您和您的学生隔开的呀！菊花姐，直到今天，我才彻底明白了您为什么大学毕业就抛弃城市优越的生活而来山沟教书的原因。要知道，您当时仅仅十九岁。十九岁，这里面包含着多么严峻的抉择，凝聚着多少世人难以理喻的勇气啊！十八年来，为了改变山区的教育落后面貌，点燃山民们智慧的火光，您呕心沥血，兢兢业业，您经受了多少风霜雨雪，迈过了多少坎坷沟壑。您是个女人啊！您去了，您就这样悄无声息地孑然一身去了，至今我还闹不明白您为什么一直没有结婚。

山风拂来，汩汩淌淌的菊香把我推向了迷离的山冈。啊！菊花姐，您没有离去，我看到了你，我看到了你呀，那漫山遍野的山菊花不正是您香魂的化身吗？

我恭敬地把一束山菊花放在了菊花姐的坟前，默默地献上了一颗学生的心……

（1986 年 6 月）

189

破碎的梦

　　最后一次见外婆，她爱怜地抚摸着我，深陷的眼眶涌出了不断线的泪珠，随着那殷红的泪，扯出了一个心酸的故事……

　　你曾有过美丽的梦，一个既遥远又切近、既令你激动又令你迷茫的梦啊！从你坐上花轿，直到垂暮之年，是这个梦支撑着你、煎熬着你，进而去翻完你那枯黄飘零的人生履历。

　　你的心在遥远的期待中破碎，破碎成了一片幽怨的苍老。前年，当他步履蹒跚、犹犹疑疑迈进家门，已呈龙钟老态。凝视良久，你终于还是透过岁月的风尘认出了是他！一霎时，你的泪水唰地涌了出来，捶胸顿足，号啕大哭。是惊，是喜？是怒，是怨？是控诉，是宣泄？你一句也表达不出来，你只觉得天昏地暗，地暗天昏。你本应该大吼一声："你滚出去，你快滚出去，这不是你的家！"然而，集聚多年的泪腺枯竭之后，你的心又一下子全软了，软成了一颗中国女性传统的善良。那毕竟是你的男人，不，不，那是你过去的男人呀！"大嫂，叶落归根，既然回来了，就是承认了错误。""一日夫妻百年恩嘛！"你瞧着岁月的雕刀在他脸上刻满的纹路，还有那个可怜巴巴的眼神，你竟莫名其妙地大笑起来，直笑得那个佝偻的老头儿惊惶地把眼光索向了街邻。

　　从此，你默认了这个白发"客人"留在了这个家庭，走过大街，人们似乎从你那近乎呆板的脸上找到了"团圆后心境归于宁静"的印证，或夸你善良豁达，或说你爱心未泯，就像二十年前盛赞你为贞妇一样。不知怎的，面对人们的夸赞，你再也找不回被你供奉了几十年、曾令你自豪慰藉的神祇了，你总觉得委屈，真想大哭一场，大骂一场，你简直有点神经错乱了。其实，你滴血的心，只知道什么叫怜悯，什么叫同情，而对爱却完全陌生了。

　　这就是你梦境中的白马王子吗？太可怕了。他那深陷的眼窝，扭曲的枯脸，时时像噩梦一样折磨着你。你们形同路人，只在吃饭的时候，你受惯性驱使似的将饭碗放在了傻坐的他面前，这也许是三十年来你唯一留给他的"女德"。有时，你也会出神地盯着他，直到他窘得嘴里咕噜哼呀，手足无措。有时，你真想扑过去打烂这个衰枯的躯壳，而换回那个风度翩翩，也曾一度令你春心荡漾过的白面书生来。然而，一切的一切都如肥皂泡似的破灭了，你只有恨，只有那近三十年的唏嘘。要知道，当年他抛下三岁的女儿和身怀六甲的你离家出走，不，那叫流窜时，可是大气不吭、屁儿不响，一走就是近三十个春秋啊！直到老来无依才想到了归宿，难道你们男人的心肠都是铁石雕成的吗？你狺狺骂了起来，骂起了可恨的男人，骂起了你糊涂的爹娘，骂起了你说不清道不明套在女人脖子中的枷锁。

那年，爹娘从他开染坊的家业直说到他这个状元郎的"材料"，直说得你这个十里八堡出名的俏妞喜忧参半地走进了他那洞房的豪华。你是把少女最美丽、最纯真的梦都真诚地托付给了他的啊！你起早贪黑，上孝公婆，下敬小姑，人们将贤惠孝顺等美德一股脑地涂抹在了你那泛着青春红晕的脸庞上。然而，不久你便发现，这个有着一表人才的他却是个游手好闲，吃喝嫖赌的公子哥儿。你的规劝、你的泪水换来的却是无情的斥骂、狠心的毒打。好端端的一个家业竟在公公尸骨未寒被挥霍一空，家里面临着寅吃卯粮的穷酸。即使如此，你闹过离婚吗？没有，甚至你连想也没有想过，你只知道恪守着"嫁鸡随鸡，嫁狗随狗"的古老家训，并将此看得神圣一般不可动摇。你忍辱含垢，羸牛一样耕耘着这片贫瘠荒凉的家园。

当中华人民共和国成立的礼炮传到闭塞的山乡的时候，你激动得几天几夜都合不上眼，你把那个行将破碎的梦又做得更圆了。你只希望他能在新社会的感召下，用汗水，用行动换来一个新生的形象。然而，你又一次地失望了。当你三天后发现他不见的时候，你慌了，唯恐他出现不测。

你四处托人打听，甚至变卖了可怜的家产送盘缠寻找。一天，两天；一月，两月；一年，两年……泪水不知流了多少，香纸不知烧了几篓，苦苦待来的只是日深一日的失望，年深一年的憔悴。有人说，刚解放，世道不稳，说不好早就没这个人啦，还是趁年轻……你摇了摇头，制止住泪水的涌流。也有人捎来信说，在上海滩头瞧见了他，大绅士似的，一发现家乡的人便贼似的溜了。你不相信这会是真的，但又希望这是真的。你苦苦地期盼着，你相信虔诚的等待总会有个好的报应。于是悲剧酿成了。你拖着两个幼女，屎一把，泪一把，颠着小脚，又是料理家务，又是靠给人家缝补、拆洗、勾织线衣补贴家用。缺少男人的家庭的苦楚谁能体会得到呀！岁月磨损了你那青春的容颜，你过早地衰老了，直到两个女儿出脱成两朵秀丽的山花，参加工作以至出嫁，你才长长松了口气，你那脸上才渐渐有了生命的光颜。

弥留之际，你将女儿叫到跟前，那个老头也踅了过来。你不知哪里来的力量，平静地对那个也许是真心陪伴你、真心忏悔的老头儿说："你出去一下，我和女儿说句话。"

他枯树皮似的脸急剧抽搐了一下，嘴嗫嚅了几下，便佝偻着腰蹭出了屋门。你颤抖着用那不知揉搓了多少辛酸的枯手，拉着两个女儿，枯干的泪泉又奇迹般地涌出了一股，你近乎哀求地说："孩子，我死后，你们千万——千万不要把我和你爹埋在一起，我在阳世和他相逢了一遭，够苦寒了。到阴家我不能再和他……千万呵……"你最后一

个字拉得又长又缓，似乎一世的委屈、一世的痛苦、一世
的忠贞都从这句话里得到了倾吐。

（1988 年 5 月）

人与蚁

他正自呼呼酣睡，不料平白无故被只大蚂蚁蜇了一下。他一惊，大蚂蚁抱头鼠窜，逃之夭夭。

想不到一场美梦顷刻丢到了爪哇国，他气冲斗牛，大发雷霆："我平日里被谁欺侮过？芥子儿蚁辈，竟胆敢与俺作对。哪里去，看我不打得你头断血流，碎如齑粉！"他跳起身，拉亮了电灯，两眼喷火，满床乱找。

被子、褥子、毯子都被他抖遍了，还是不见蚂蚁的踪影。那一肚子怨气无处发泄，牙齿咬得"咯咯"作响。难道你能上天不成？他把床帮撼得山响，手拿电筒东南西北乱晃。

鸡鸣头遍，作孽蚂蚁仍"逍遥法外。"他恨得头皮发胀，两腿打战。"嗨"的一声，木床被他掀了个四脚朝天。

"日你个祖宗蚂蚁，日你个祖宗！"他骂不绝口，两只眼珠在地上骨碌乱转。手指抠地缝儿、墙窟窿儿抠得渗出了殷红。

东方泛白，他被家人撬开房门手忙脚乱送进了医院。只见他双目紧闭，脸色铁青，喉管里"咕噜咕噜"鸣响。医生诊断结果是气血攻心、愤懑所致，打剂强心针便离去了。

"你生谁的气也不必这样呀！"老母又是给他捶胸口，又是为他将脖颈，嘴里絮絮叨叨劝个不停。

他渐渐缓过气来，良久，阴转阳世似的长吁一口气："日你奶奶，老子不和你蚁辈一般见识！"也怪，像是受了神灵的指点，话一出，他的气色登时好转，当下就能下地走动了。

后来，他像换了个人，逢人递不上三句，就会说一句让人前不着头、后不巴尾的话："其实呀，对来自生活中一些无关大体的欺凌、侮辱，本可一忍了事。倘若事无巨细，斤斤计较，那只能是庸人自扰、自寻倒霉！"

（1985 年 3 月）

青橄榄

月儿升起来了，如水的月华倾泻在黛蓝的山峦上、田野间。淡淡的雾霭弥漫开来，给这深秋的夜披上了神秘的面纱。朦胧里，你带着迷人的笑靥，迈着轻盈的步履，径直向我走来。我闭上了眼睛，欲把你玲珑的倩影凝固在我心灵的感光片上。然而，风儿吹来，一切如故，秋野还是如此的静谧，月儿还是如此的倾情。我突然莫名其妙地恨起你来，只因你曾令我心驰神摇、遐思悠悠？只因你曾无情地回绝了我的苦苦解释、杳如黄鹤，我说不清，道不明。

我真想不到你会闯入我的天地。当我带着第一次高考落榜后的深深自卑、逃难似的进入远离家乡的一所小有名气的中学插班复习时，你也含着少女特有的忧郁从你的家乡坐在了我的后排。说实在的，当时，我这个见了女孩就脸红的山里人，并没有留心你的存在，我只把世俗的奚落、家境的窘迫全部转化成了埋头学习的动力，性格变得既孤僻又清高，真可谓"两眼不顾身边事，一心只读高考书"。

"Mr. Xing，请帮我解决一道数学题，好吗？"那天中午，我正伏桌演题，轻轻的、柔柔的、甜甜的女中音飘了过来，并透着一股娇贵之气。我惊惶地站起身扭过了头。啊，多美的姑娘！定睛注视你的一瞬间，我竟差点叫出声来。娇嫩细白的脸庞、清澈透亮而又忧郁的一双大眼，说句话就让人爱怜的双唇，反正任何语言都难以描述你给我刻骨铭心的第一印象。我受宠若惊，脸腾地热到了耳根，显得局促不安起来。

从别人嘴里我知道了你出身干部家庭，是父母的"掌上明珠"，也是高考落第后慕名来复习的。不知是偏见还是嫉妒心理作怪，我对干部子弟从来就有一种说不出的蔑视，认为他们个个高人一等、盛气凌人。因此，我总是尽量避免和你接触，表现出少有的冷淡和轻蔑。你似乎并不介意，碰到疑难问题还总是虚心地求教于我，使我为难异常。渐渐地，我感到了一种莫名的愧疚。原来你是个既善良又正直、见了小草被风吹折也落泪的姑娘啊。那次老师讲《孔雀东南飞》，你竟为男女主人公坚贞的爱情及悲惨的命运，抽泣得感染了全班一片唏嘘。有次，一个自命清高的"纨绔子弟"欺负了一位乡下同学，你挺身而出，连讥带讽，直噎得那个干部子弟哑口无言，无地自容。我开始正眼看你了，你那温柔沉郁的目光与你那养尊处优的家庭多么不相称啊（后来我才知道，你也有过不幸，也有被人骂为"右派兔崽子"的"不光彩"历史）。我爱怜起你来，只要相问，我总是竭忠尽智、耐心诚恳。

由于学校离家远，我们总是一个月左右回家一次。我忘不了星期天大部分同学离校后我们同桌复习的情景，你问我答，切磋疑难，有时也免不了争得面红耳赤。当时我心中有一种朦胧的感情涌动，和你在一起，精力总那么充沛，心境总那般晴朗。

一个星期天的下午，我正埋头演题，忽听一个女同学冲我叫道："喂，快出去，有人请你。"我只当是在开玩笑，仰头傻呵呵一笑，又低头沉思起来。

"哎，我信儿可捎到了，去不去由你？"那位女同学狡黠地扮了个鬼脸，努了努嘴。我心中一下子感悟了，脸又不觉发起烧来。

等我走出教室，你斜倚在一棵小树上，显然等得不耐烦了，我不好意思地搓着手，怯怯地问："什么事？"你嗔怪地睨了我一眼："咋？误你学习了。我的钥匙忘进了住室，劳驾你想法为我取出。"优越的地位和条件，使你和教师一样拥有一间住室。晚上能悠然睡在床上（我们睡又潮又湿的地铺），星期天能清净地在单人间里复习。

当我费尽心机打开窗子找到钥匙，从窗子里爬出来的时候，我望见了你那深情爱怜的眸子，那至今还令我心醉的目光呀！你从我手中接过钥匙，有意把温热的手触到了我的手心上。我触电似的缩回了手，惊恐地四下张望，唯恐被同学们看见饶舌。而你却笑弯了腰，笑出了晶莹的泪花。

我也弄不明白，我这个木讷、愚钝的农家子弟何以会受到你如此的青睐。不过，从后来你给我的信中可知，当时，几乎隔三岔五你就要收到来自学校以及社会上一些情意绵绵的书信，但处于紧张高考复习时期的你理智、高傲得对此不屑一顾、置之不理。也许正是因为我的孤傲及好学，才使得你对我另眼相看，才想用少女的自尊去探寻我。为此，曾恨得那些"公子哥们"牙根痒痒："这小子山里山气的，倒艳福不浅。"

你明白我家境窘迫，不是把你父母购买的最新复习资料率先送我"享受"，就是把你从父母那里"刮"来的粮票偷偷夹在我的书本里。我深感不安，无心接受又不忍心拒绝。我只把对你的感激深埋于心，化为更刻苦的学习及对你更诚挚更无私的学习上的帮助。

我已清楚地意识到了我们双方在彼此心目中的地位，但彼此心照不宣，谁也不愿也不敢捅破那层神秘的、薄薄的窗纱，只在学业上互相帮助，互相勉励。

期末语、英、数、理、化竞考，我在班级一举夺魁。站在领奖台上，我在黑压压的人群里寻找你的芳影，欲让你分享我的收获、我的喜悦。然而我失望了，你因病请假回家了。好沮丧呀！荣誉的光环少了你也顿时黯然失色了。

在县城参加完高考将要分别了，我们相约在郊外的黄昏里。

苍山如海，残阳如血。

我们四目相视，无言以对，谁也不愿打破这凝重的、令人伤别的一瞬。良久，还是你终于启齿了："太不理想了……看来我今年无望了，你不论被哪所学校录取可要及时给我写信啊！"

我侥幸而又极不情愿地经调剂被地区师范录取了，而你却真的"落选"了。我拖着沉重的步履迈进了师范学校的大门。我犹犹豫豫、迟迟疑疑没有践约给你写信。当你辗转得知我学校的地址、连连发出"问罪之师"的时候，我愧疚、感动地泪流满面。从此，鸿雁传书，捎去了我的思念，带来了你的抚慰。你说：职业如爱人，既然选定了，就要永远相爱下去……教师虽是"一把盐"，但谁又能离得了它，否定了他的价值呢……我重新燃起了希望的火焰，憧憬着跨上讲台、侃侃而谈的动人一刻及桃李满天下的自豪。

当我得知你要报考技校的时候，我跑遍了书店，翻阅了大量资料，为你寄去了本本复习资料及自编的系列习题，送去了我深深的祝愿。

然而，不知为何，你打破了惯例，已经三个月没有给我回信了，我每天课间总往收发室跑，可总是失望而归。

一天，我收到了一位同学的来信，信写得很含糊。但我还是透过潦草的字迹、闪烁的言辞明白了原委：我们的"事"被你父母知道了……你父母对你大发雷霆，斥你大逆不道……若不和我这个将来的教书匠断绝来往，将不认你这个不孝的女儿……在父母面前你屈服了，终于有一天我收到你寄来的一句话："以后不要再写信给我了！"我捏着书信惊呆了，旋而我一口气跑上了教学楼顶。寒风凛冽，阴云四合。就因为我是一个穷教师，就因为我父母都是老实巴交的农民？我的自尊心被大大刺伤了，我感到圣洁的感情遭到了肆意的玷污。对世俗的抗争使我昏了头脑，立即给你发了一封措辞激烈、语言刻薄的"炮弹"，奚落你是个白天鹅，我这只癞蛤蟆实在难以企及，讥刺你这个"贵族小姐"，我这个穷光蛋将嗤之以鼻。还有，反正一切难听的话我都一股脑地泼了出去。

我等着你回信将我大骂一场，然后我们实行最彻底的决裂。

然而，你并没有回信，我等来的却是莫名其妙的失望，连明彻夜的失眠。也许你正在复习考技校顾不上回信？也许你对朋友说的不让我回信是缓兵之计？我想象着你接到信后的痛苦模样，想象着你那令人爱怜的忧郁目光。我害怕了，我后悔了。大山的哺育，使我这个山民的儿子第一次彻底地撕毁了自尊，给你写了一封长长的道歉信。一月后泥牛入海、杳无讯息。我又不死心地寄出了第二封忏悔信、乞求信。（直到近来我才从朋友处得知，当时你"好心"的父母为了你的前程，"串通"邮政所扣押了你我的所有信函，人为的阻隔使我们步入了误解的泥潭，也断送了我们那朦胧的、将要显山露水的姻缘。你得知后痛不欲生，吞下了大量安眠药，然而，一切都已晚了，你并没有死，你的儿子已出世半年了啊！）

　　我久久期待着，盼望着，一天，两天，三天……但等来的却是岁月的流逝、毕业的分配、令我震惊而又迷惑而又悔恨而又无奈的你的结婚。我残存的一线希望彻底破灭了，我痛苦地吞下了一枚由自己采摘的既苦又涩又遗恨无穷的青橄榄。

（1986 年 9 月）

最后一封信

慧平：

　　您好！

　　自从我们分手以后，我总有一种说不出的滋味和难受。我不止一次孤独地徘徊在荒岭河畔、古庙梦中，悒悒郁郁、痴痴迷迷地吟哦着一首似是为我而作的小诗：

我曾是那样地迷恋着你，

你却无情地抛弃了我。

于是，我那失恋的灵魂，

像被赶进荒凉的沙漠。

可是，我并没有死去，

尽管面前是炼狱似的折磨。

你是干燥的风，你是残酷的火，

我是不死的沙蒿，我是昂着头的骆驼，

当绿洲捧给我甘泉，

更明白爱你是我的大错！

现在细细想来，那时的我着实有点迂，也很可笑，似乎还带着一点虚伪。虽然我们明确关系前都曾对社会上那种"夫妻不成成仇人"的现象十分反感，但是突然的裂痛及残存的传统意识，还是作践得我们之间并不怎么自在。说实在的，你并不属于我，我也并不爱你，我们的"相爱"既荒唐又可笑。反思的结果，我不得从另一方面承认你是对的，你是明智、果断的，要不，我们草率扭在一起，面对的必将会是一颗硕大无朋的苦果。没有爱情的婚姻将会使我们的生命枯萎，生活将黯淡无光。我从内心深处感谢你，感谢你使我成熟了许多。我的"善良"，我的优柔寡断，使我们走了一段不必走的弯路，我深感内疚和惭愧。同时，也使我明白了：为人，过分的善良或不讲"原则"的一味怜悯，势必会使自己遭受生活的无情捉弄。

第一次和你见面时，我的脑海中就掠过了一丝念头：你不是我的意中人！你善于辞令、工于心计，一举一动都表现出了与你年龄不相称的老练与持重，而我呢，形容屡弱，拙嘴笨腮……但是为了不辜负"红娘"（你的亲戚、我的街邻）的一番好意，我又鬼使神差地被"红娘"牵着和你第二次见面，前往你家……以致后来你写来了血书，以血明志（我当时真不敢相信世间会有如此刚烈果敢的姑娘及如此令人心颤的表达方式），即使这时我仍然举棋不定，并有一种说不出的后怕。这时，又有人给我介绍了一位姑娘，父母十分满意，并催促我选择她尽早订婚。当你得知这一情况后，连续发来了两封"痛不欲生"斥责我脚踩两只船的书信，并声称只要和我见上一面，死而无憾！你的指责直接导致我和父母闹翻作出了错误的选择，因为我不愿看到自己给任何人带来痛苦啊！

我背着父母、悄无声息地赴百里以外的县城火车站和你见面了。你哭了，哭得很痛心。我木木地低着头，任你数落，求你原谅。我被你的"真情"感动了，就下定决心和你订下了"终身"。

回到家里，我挨了父亲一记耳光，我为第一次违背父母的意愿而深感不安。此时我心中只有一个心愿，那就是你只要不嫌弃我这个老实巴交的"臭老九"，是沟是崖我也要跳一跳，即使头破血流也在所不惜。为了抚慰你受伤的心灵（你曾被负心人抛弃过），我连续给你发了几封书信，表明了我的心迹，什么"我们携手前行。让大自然倾听我们怦怦的心声"，什么"只要有了你，即使给座金山我也不稀罕"，等等，至今想来还真有点令人齿冷、羞惭。然而，这一切的一切不但没有加深我们之间的感情，反而却成了加速我们分手的催化剂。除了我们都不甘心屈服命运、庸碌无为外，我们一概不能沟通。你说得对，我既没有"洪常青"长得帅，也没有令人羡慕的职业，况且书呆子十足，为了学子，竟吝啬得连陪你逛公园、压马路的时间也抽不出……

后来，我们之间的距离明显加大了，这从你给我的来信次数的减少可以看出。我多么希望你能理解我，让我们互敬互爱，共建幸福的乐园啊！

终于有一天，我又收到了你的来信。你一定会理解我的！我心中一阵激动，迫不及待地拆开了信件：

夏雨同志：

　　因我们志趣不同，性格难合，还是分手的好，请你原谅。

　　　　　　　　　　　　　一个实在不值得你爱的姑娘

我拿信的手颤抖了，我真想不到你会如此的绝情，这也从侧面说明你另有高就的传说是真实可信的。但我只能打碎门牙往肚里咽，一句话也说不出来。我从内心深处发出了对你的诅咒，希望你栽大跟头，永远让丘比特的铅箭射入你的心窝……如今想来，这些都是愚蠢可笑的，只不过是为了满足一时的自私可怜的自尊心罢了。既然自己不能被别人爱，又何必苦苦折磨自己呢？

命运捉弄了我们，但生活赐给我们的教训却是弥足珍贵的。

静坐长思无聊之极，我才决定给你写信，最后表明一下我的心迹，凭你的度量也是会接受这封信的。但愿此信不会给你带来什么麻烦，但愿你的新"知己"知道后也会理解我们。

最后真诚地祝愿你能幸福!

一个进入你视野又退出的路人:夏雨

（1986 年 9 月）

爱之断想

我们犹如暗夜相逢在茫茫林海，只有相扶相携，结伴而行，才有希望走出险象丛生的黑暗。否则，将有可能双双步入迷途，跌入死亡的深渊。

我们犹如乘上了诺亚方舟，恓惶地漂流在生活的险风恶浪之中，只有心心相印，戮力拼搏，才有希望驶入平安的港湾；否则，将有可能船翻人亡，葬身鱼腹。

我们犹如机床上的一对齿轮，你凸我凹，你凹我凸，只有凸凹相吻，配合默契，机床才能轰然运行，奏出和谐的乐章；否则，将有可能轮坏机毁，两败俱伤。

爱并非廉价的海誓山盟，也绝非花前月下的卿卿我我，更不是如胶似漆的接吻拥抱。爱是太阳，将温暖遍赐万物；爱是大海，不捐大川细流；爱是蜡烛，燃烧了自己，照亮了别人……

爱不是一颗心去撞击另一颗心，而是两颗心共同撞击所迸发出的火花。马克思说得好："只有用信任才能换取信任，只有用爱才能赢得爱！"

爱，权势、地位换取不了，金钱、宝物收买不了，爱是人类最美最圣洁的情感，是世间最美最壮丽的乐章：寒窑虽破能避风雨，夫妻恩爱苦也甜。

婚姻缺乏爱，犹如散沙一盘，人生缺乏爱，犹如死水一潭……

爱的尽头，有一个声音贯穿亘古："能将生命活它个一千次该有多好啊！"

（1988 年 7 月）

第五编 杏坛小耕

虽内向木讷，但学中干，干中学，诚邀之下，也愿把所学所得、所思所想倾情交流……

鲁山文化耀中原

文化是一个国家、一个民族的灵魂，是文明发展的前奏和主体。在世界文明史上，中华文明辉煌灿烂，是唯一历数千年而没有中断的文明，为人类文明的发展进步做出了无与伦比的贡献。大家都知道，中国之中的中原是中华文明的发祥地，历史文化博大精深，而中原之中的鲁山县历史文化元素重大而又密集，源远流长，被专家们称为中华文化的原点文化、华夏文明的滥觞地，在中华文明乃至人类文明史上占有十分重要的地位。

历史悠久 人才辈出

鲁山夏代称鲁县，周代称鲁邑、鲁阳，汉代称鲁阳县，魏晋时期置鲁阳郡、广州、鲁州，唐初废州置鲁山县至今，是我国历史最悠久的千年古县之一。全县总面积 2432 平方公里，目前辖 25 个乡（镇、办事处）、97 万人。

鲁山地处我国北亚热带向暖温带过渡地带，长江、黄河、淮河三大流域水系交汇于此，尧山分水岭以南流经汉水注入长江，以东流经沙河注入淮河，以北流经洛水注入黄河，年均气温 14.8 摄氏度，年均降水量 1000 毫米，雨量适中，四季分明，十分适宜人类居住，是农耕文明最发达的区域之一，也是华夏文明最核心的区域，早在 7000 多年前就有人类聚居并形成村落，黄帝、蚩尤以及尧帝大禹等先帝都曾在这一带活动，留下了不少遗迹遗存，尤其是蚩尤部落发源并长期活动于鲁山沙河流域，以勤劳和智慧开创了农耕文明的先河，蚩尤因最早使用铁兵器而被誉为"兵神""战神"，沙河古称滍水，就是蚩尤的"蚩"字加三点水而得名，也被称为鲁山的母亲河。考古发现鲁山境内有新石器时代、仰韶文化、龙山文化等遗址十多处，出土有大量珍贵文物，其中父乙兕觥等国家一级文物多件。在这片古老而又厚重的热土上，先民们胼手胝足，薪火相传，人才辈出。造字鼻祖仓颉、平民圣人墨子、爱国诗人屈原、唐代文学家元结、抗金名将牛皋、元代政治家王磐、五四诗人徐玉诺等一批先贤大家就诞生在这里。仓颉出生于鲁山县仓头乡，原姓侯冈，名颉，史书记载为黄帝史官，他生而神圣，双瞳四目，天生睿德。他仰观日月星辰，俯察鸟兽虫迹，发明文字，从而开启了人类从蒙昧走

2018 年，作者向参加第二届世界汉字节的中国战略促进会副会长兼秘书长罗援（中）将军介绍鲁山的历史文化，右为县长李会良

向文明的历史。出生于鲁山尧山镇的墨子是战国时期伟大的思想家、军事家、科学家和社会活动家，他提出的"兼爱、非攻、尚贤、尚同、节葬、节用"等十大主张，对后世影响巨大，与儒家并称显学，有《墨经》53 篇流传于世，我们熟知的"摩顶放踵""止楚攻宋""以人为镜""齐心协力""功成名就"等成语就来自墨子的故事，鲁山境内和墨子有关的遗迹遗存到处都是，著名的有棋盘山、风筝山、相家沟、黑隐寺、墨子故里碑、墨子著经阁等，墨子文化传承人有城关的郭成智、尧山的孙德润、赵村的李成才等。元结为唐代著名的政治家、军事家、文学家，马楼

乡商余山人。天宝十二载（753）举进士，历任水部员外郎兼殿中侍御史、著作郎、道州刺史和容州刺史等职，为平定安史之乱、稳定风雨飘摇之中的大唐王朝立下了汗马功劳。元结饱读诗书，胆识过人，不仅精通为将之道，而且熟知为人之道。大历三年（768），元结调任容州刺史，由于安史之乱，再加上官府横征暴敛，容州民不聊生，岭南瑶族纷纷聚首联合，奋起反抗，攻占容州达十年之久，历任容州长官都无法到职视事，要么寄身梧州，要么驻节滕州处理政务。元结到任后，也是"寄身梧州"。元结安置好家眷后，就不顾疾病缠身，决定只身前往容州。人们知道，元刺史此去是凶多吉少，甚至还有性命之忧，因而是"老母悲泣，闻者凄怆"。但为了苍生社稷，元结义无反顾。他摒弃了历任容州长官一味用暴力镇压少数民族的愚蠢做法，而是抱着一个安定团结的良好愿望，怀着一腔感天动地的悲悯情怀，单枪匹马，赤手空拳，深入山区瑶寨，拜望瑶族首领，晓以大义，劝勉抚慰，歃血为盟，以心换心。短短六十日，八个州就纷纷归附，西南获得了安定。与元结同时代的饱受流离之苦的大诗人杜甫大发感慨，说朝廷若能得十来个像元结这样的人才，天下安定就可得也。元结病逝，朝廷上下一片哀痛，中书舍人杨炎、常衮等为元结撰写墓志，御史大夫、大书法家颜真卿亲自撰写碑文并亲笔书写，为元结立表树碑刻铭，颜碑现立于鲁山一高院内，为全国重点文物保护单位。金兵南侵中原，一路狂进，气焰嚣张，面对外侮和破碎的山河，生于鲁山熊背乡石碑沟

村的鲁阳射士牛皋壮怀激烈，勇担大义，先后率领乡勇埋
伏于鲁山东南的邓家桥和宋村，也就是现在辛集乡的邓寨
村和新城区的宋村，大败金兵，生擒金将耶律马五，威震
敌胆，捍卫了民族尊严，在南宋抗金史上写下了浓墨重彩
的一页。五四时期的著名诗人徐玉诺，出生在鲁山辛集乡
徐营村，早在开封求学期间即积极投身五四新文化运动，
加入进步文学团体文学研究会，先后在《文学周刊》《小说
月刊》等全国有影响的新文化刊物上发表小说、诗歌等作
品，出版了诗集《将来之花园》，在知识界产生了相当大的
影响，成为河南省一步跨入全国新文化殿堂的第一人，是
五四新文化运动中一颗放射出耀眼光芒的明星。鲁迅、沈
雁冰、闻一多、叶圣陶等学界巨子纷纷予以关注。

战略要地　群雄逐鹿

　　鲁山位于伏牛山东麓，西、北、南三面环山，东连黄
淮大平原，进可攻退可守，战略地位重要，是联通宛洛的
重要门户，素有"北不据此，则不能得志宛襄；南不得此，
则不足以争衡伊洛"之谓。境内的鲁阳关为中国古代五大
著名关隘之一，西晋著名文学家张协的《鲁阳关》中有
"朝登鲁阳关，狭路峭且深。流涧万余丈，围木数千寻。咆
虎响穷山，鸣鹤聒空林"，极言鲁阳关之险要。楚汉相争，
刘邦布兵鲁山，并在鲁山东南张官营一带也就是古犫城以

东大败秦守将吕齮，打通武关道，进而一路向西，夺取关中，完成了灭秦大业，至今鲁山仍留下有张良、萧何、韩信等将领屯兵而形成的地名。大家熟知的四大名著之一《三国演义》的插页地图中就明确标有鲁阳，可见鲁山战略地位之重要。公元 190 年，孙坚受封破虏将军、豫州刺史，屯兵鲁阳（今河南鲁山），准备出兵攻打董卓。一天，孙坚在城外拉起帐幕，为前往送粮的部将公仇称饯行。当时，官员聚会在台上，士兵陈列在台下。突然间，董卓数万步骑兵奔到城前，准备向孙坚发起进攻，情况十分危急。孙坚在大敌压城面前，笑谈自若，继续与将领们饮酒作乐。后见董卓人马越来越多，才慢慢站起，引导部队秩序井然地入城。董卓官兵见孙坚队伍齐整，若无其事，以为必有大军埋伏，不敢攻城，引兵撤退。孙坚以其智勇，笑谈之间，退却数万敌兵。鲁阳之战也成为中国古代战史中出色的山地攻坚战例之一，也是史上的空城计。"文化大革命"期间，出于国内国外战略考量，中央在鲁山布局营建了规模宏大的地下指挥系统和江河、兴州、花园、红卫、新华机械厂等一批相对配套完善的军工企业，鲁山的战略地位愈加凸显。

民俗丰富　争奇斗艳

鲁山春秋时属郑，战国时属楚，汉代归南阳郡，唐宋时隶属汝州府，新中国成立后归许昌地区，1983 年归平顶山市管辖至今，可谓是群雄逐鹿，风云激荡。历史在这里碰撞，文化在这里交融。境内生活着汉族、回族、满族、苗族、壮族等 20 多个民族，多民族和睦相处，繁衍生息，民俗文化丰富多彩，民间艺术争奇斗艳。衣食住行、修房架屋、祭祀祈福，都有着独特的礼仪规范和生活习惯。根艺、奇石、花瓷、剪纸、高桩故事等民间艺术独具特色，光耀中原。鲁山是曲剧、鼓儿词等剧种的发源地，至今仍有数百支文化艺术表演团体活跃在城乡，乔双锁、赵玉萍、杜根亮、宁金梅等曲艺表演艺术家先后在宝丰马街书会上夺魁折冠获得"书会状元"称号，是全国获得书会状元最多的县。鲁山曲协主席乔双锁从艺 30 年来，奔走在鲁山大街小巷，活跃在省内外舞台，以表演河南坠子为主，他所演唱的曲目唱腔优美大气，吐字清晰，形成了自己独特的唱腔风格，深受群众喜爱。其代表曲目有《小八义》《玉帝搬家》《牛郎织女夸鲁山》等。2003 年被授予"河南省民间表演艺术家"称号，2012 年成为中国曲艺家协会会员。鼓儿词，又称鼓儿哼、大鼓书。是种以鼓、板击节进行演唱的曲艺形式，唱腔朴实流畅，具有口语化的特色，念唱白讲究字正腔圆，唱词通俗易懂，再加上鼓和钢片铿锵有力的伴奏，表演洒脱大方，艺术感染力较强，是人民群众喜闻乐见的一种。2009 年被列入河南省第二批非物质文化遗产，鲁山曲协副主席冯国为豫西鼓儿词代表性传承人，其代表作有《杨家将》《水浒传》《物华天宝颂鹰城》等。牛郎织女的传说故事就发生在这里，并流布全国，家喻户晓。

2017 年，作者陪同中央文史研究馆馆员、光明日报原副总编辑赵德润（左三）
考察鲁山仓颉文化

鲁峰山下的孙义村就是传说中牛郎孙小义的故乡，牛郎聪明忠厚，父母早亡，跟着哥嫂度日，歹毒的嫂子经常虐待他，逼他干很多的活。后来，嫂子为了独霸家业，把牛郎赶出了家门，只把一头老牛和一辆破车分给了他。无家可归的牛郎来到鲁峰山上一山洞内栖身，与老牛相依为命，后经老牛点化与下凡九女潭洗澡的织女结缘，成亲生子，男耕女织。织女被王母娘娘抓回天庭后，牛郎担着一双儿女苦苦相追，最终感动天庭，被许每年的七月初七相见一面，后来，"七夕"这个寄寓着人们美好愿景的日子就成为我国传统节日中最重要的节日。鲁峰山下七夕古庙会、鲁山坡春季山歌会、七夕夜乞巧、孙义村祭祖等活动也成为鲁山独特的牛郎织女文化的组织部分，并被当地群众代代相传，2009年2月，鲁山县被中国民协命名为中国牛郎织女文化之乡。

行走在鲁山的大地上，每一座山峰，每一条河流，每一个村落，无不隐藏着一个个生动多彩的故事。仅仅看看鲁山的地名，北有禹王冢、禹王河、仓颉祠、娘娘关、歇马岭关、观音寺；西有尧山、墨子岭、教子沟、想马河、邱公城；南有姬冢、朝王庙、接官亭、屈原庙、彭山、彭河、前城后城紫金城；东有牛郎洞，九女潭、桃花店、青条岭，每一个地名都是藏金纳银，让人浮想联翩……

（2018年在《西鲁讲堂》上的讲稿节选）

再创奇迹

啥叫奇迹，简言之就是对干不成或干不好的事，经过努力干成、干好了就算是奇迹。记得在 2008 年牛郎故里春季山歌会开幕式上，主持人曾这样讲道："辛集乡是一个充满神奇和浪漫色彩的地方，辛集乡是一个敢于和善于创造奇迹的地方。"这虽是溢美之词，但也是对我乡近年来发展的真实写照，也激励着全乡广大干部群众用勤劳和智慧创造着一个又一个的奇迹。2×100 万千瓦发电厂、中平能化民爆器材公司等一个又一个大型项目的顺利落户建设是奇迹；牛郎织女文化之乡的申报成功是奇迹；任务重、矛盾多而信访稳定工作获得全市先进是奇迹；今年夏季秸秆禁烧工作没有出现焚烧现象也是一个奇迹……

当前，辛集乡的发展到了一个非常关键的时期，随着南水北调大渡槽工程、移民新村建设、西气东输工程、鲁阳发电公司等重点项目的全面开工建设，我们面临的责任之大前所未有、面临的困难之大前所未有、面临的压力之大前所未有，这些既是机遇也是挑战，更是摆在我们面前的一道坎，如何才能变压力为动力，破解难题、再创奇迹，我认为应该从以下几点做起：

首先，要进一步增强事业心和责任感。这是干好一切工作的基础和前提。近年来，全乡党员干部以发展辛集、振兴辛集为己任，尽职尽责，任劳任怨，各项工作都取得了优异成绩，省、市、县先后在我乡召开了计划生育、组织建设、纪检监察等工作现场会，中央军委原副主席曹刚川、国务院扶贫开发领导小组原常务副组长杨雍哲、省委原书记徐光春、常务副省长李克、副省长刘满仓、宋璇涛、市委书记赵顷霖、市长李恩东等各级领导先后莅临我乡检查指导项目建设、文化建设和新农村建设等项工作，并给予充分肯定，这些成绩来之不易，都是大家强烈事业心和责任感的生动体现。但荣誉只能说明过去，新形势、新任务对我们提出了新的更高的要求，容不得我们有丝毫的松懈和麻痹，正如逆水行舟，不进则退。因此，希望大家牢记毛泽东同志提出的"两个务必"，即务必使同志们继续保持谦虚、谨慎、不骄、不躁的作风，务必使同志们继续地保持艰苦奋斗的作风，进一步增强事业心和责任感，紧紧围绕党委、政府确定的"调整结构、培植财源、优化环境、加快发展"的十六字工作方针和建设"工业强乡、农业富乡、文化之乡、和谐之乡"的目标，发扬"不须扬鞭自奋蹄"的精神，扑下身子，真抓实干。结合当前全党上下开展的"创先争优"活动，向先进典型学习，向工作踏实、能干、有经验的老同志和中层干部学习，以更大的工作热情，更好的工作方式，把辛集乡的各项工作抓实抓好，抓出成效。

其次，要开动脑筋，出先招、出奇招。目前，我们面临的任务十分艰巨。尤其是在涉及国家大项目建设协调服务方面，虽然进展都比较顺利，但是仍然存在这样那样的困难和问题，也可以说剩下的都是难啃的硬骨头。如土地权属纠纷问题、移民村供地问题、葡萄园拆迁问题，等等。如何解决好这些突出问题，就要求我们必须克服畏难情绪、厌战情绪和简单粗暴的工作方式，开动脑筋，创新工作思路，出先招，出奇招，争当想干事、会干事、干成事、不出事的干部。再重的任务，再难的事，只要有历尽千辛万苦、走遍千家万户、想尽千方百计的精神，就没有攻不破的堡垒，就没有完不成的任务。

最后，要精诚团结、勠力攻坚。要最大限度地调动全乡党员干部的工作积极性，举全乡之力、聚全民之智共渡难关，共谋发展。一是要抓好班子、带好队伍。围绕党委、政府确定的目标任务、心往一处想、劲往一处使，步调一致，合力攻坚。二是要细化目标，强化责任，做到人人有任务、个个有压力。要充分调动党员干部特别是村干部的工作积极性，努力把问题解决在基层，把矛盾化解在萌芽阶段。特别是在大项目协调服务方面要严格落实党委、政府提出的"三个严禁",即严禁乡村干部承揽本辖区内的项目工程,严禁乡村干部收受项目建设方的礼金、有价证券等财物,严禁乡村干部组织、参与阻工等扰乱项目建设行为。三是要继续深化"联树保促"活动,落实党员干部联系农户责任制,调动全乡党员干部的积极性;要深入开展创先争优活动,发挥先进典型的作用,创一流业绩。四是各部门、各村要部门联动密切协作,努力把辛集乡的各项工作推上一个新的台阶。

我深信,我们的党员干部队伍是一支敢于和善于创造奇迹的队伍,只要我们发扬成绩,戒骄戒躁,抢抓机遇,迎难而上,就一定能够在困难和压力面前创造一个又一个奇迹,我们确立的建设"工业强乡、农业富乡、文化之乡、和谐之乡"的目标就一定会早日实现,辛集乡的明天会更加辉煌灿烂!

(在 2010 年 6 月 29 日辛集乡机关干部职工会议上的演讲摘要)

第六编　言论辑要

　　"蚂蚁献血"最能体现自己对家乡的那种情怀。无论何时何地，总不忘宣传家乡的文化，点点滴滴，不遗余力……

心系群众 三勤三高

　　乡镇干部在当前"职权越来越小、责任越来越大"的现实条件下，如何适应新形势、完成党的十七大提出的新农村建设任务？我认为，乡镇干部应该努力做到"三勤三高"：

　　一、勤学习，素质涵养高于一般群众。当今，我们面对的是信息时代和知识经济时代，新知识、新技术日新月异，不注重学习，就会落后于时代的步伐，而被社会淘汰。同时，随着改革的不断深化，对乡镇干部的衡量标准和要求也更加严格。尤其是广大群众运用政策法规维护自身合法权益的能力也在不断增强，有的群众遇到问题先找"法规"，再找政府，在某些方面甚至比政府干部掌握的法律知识还要多，还要细。因此，要做好农村基层工作就必须勤学习，使个人素质和涵养高于群众，这样群众才能信你、服你、听你、跟你。要提高素质与涵养，就必须努力学习马列主义、毛泽东思想、邓小平理论和"三个代表"重要思想，牢固树立科学发展观，用党的十七大精神武装头脑、指导实践、推动工作，不断提高个人的政治素质和理论水平及法律意识，用良好的政治修养影响群众，用正确的法律法规和舆论把广大群众的思想统一到党的决策上来，使他们和党中央保持一致，向着党制定的共同目标奋进。要加强市场经济知识、科技知识的学习，不断提高带领群众发展农村经济的能力。要学习政策法规，不断提高个人的政策水平、法治观念和执行法规政策的能力。

二、勤脑筋，计策智谋高于一般群众。勤动脑就是要多思考，善于开动脑筋琢磨工作方法，不断研究新情况，解决新问题，用科学发展观，对待新时期的社会、经济的发展和变化。当前，我国正处在社会发展转型时期，新情况、新问题不断出现，尤其是广大农村还面临着部分群众思想观念陈旧、法治观念淡薄、文化水平低、道德素质差等问题，给乡镇干部组织领导农民致富奔小康带来了压力和挑战。因此，乡镇干部要勤动脑筋，善于用智谋带领群众发展经济；要勤动脑筋，善于用知识教育群众，引领群众聚精会神搞建设、一心一意谋发展；要勤动脑筋，善于用和谐的理念、和谐的办法来处理群众反映的热点、难点问题，促进社会和谐发展。

三、勤自律，个人形象高于一般群众。乡镇干部工作在农村一线，一言一行都关系到党和政府在群众中的威望，

关系到党的各项工作能否顺利开展。为什么有的驻村干部
受到群众的欢迎，而有的驻村干部不受群众的欢迎呢？主
要原因就在于干部的形象。要树立良好的道德风范，站在
人民群众的立场上想问题、办事情，要真正做到情为民所
系、权为民所用、利为民所谋。要坚持秉公用权，始终严
于律己。解决问题时，一定要审慎，慎用权、善用权、用
好权。要常修为政之德，常思贪欲之害，常怀律己之心。
要倡导艰苦奋斗的工作作风，增强勤俭意识，反对铺张浪
费和奢靡之风，用朴实和平易的作风密切联系群众。要推
崇宽容豁达的心态，培养健康的心理素质，能容人、容事、
容物，真诚待人，协作发展，构建和谐，为完成党的十七
大提出的宏伟目标团结奋斗。

（2007 年 10 月 13 日在鲁山乡镇干部座谈会上的发言）

爱国为民赞徐公

一

徐玉诺先生是"五四"时期著名的诗人、教育家和社会活动家，在当时的中国文化界享有崇高的声望：是我国新文化运动的先驱之一和我省公认的新文化运动的领军人物。作为徐玉诺家乡的一员，我为家乡出了这么了不起的人物而感到自豪，同时也代表家乡人民，对长期致力于徐玉诺文化研究宣传并为筹建徐玉诺纪念馆、徐玉诺文化研究会而奔走呼吁的各位领导、专家和学者表示崇高的敬意和感谢！

徐玉诺文化研究会的成立圆了家乡人民多年的梦想，也消除了我多年来的一块心病。我曾在徐玉诺家乡鲁山县辛集乡工作十年，先后担任乡长、乡党委书记。在与群众朝夕相处的日子里，我感到徐玉诺先生的影响无处不在。不论是在田间地头，还是在集市饭场上，几乎大人小孩都能说上几段有关徐玉诺先生的逸闻趣事，并且总是怀着崇敬，充满爱戴。尤其使我感动的是，南水北调淅川移民新村正好选址徐玉诺故里徐营村西侧，需划拨该村耕地近千亩。当时个别群众因耕地减少而想不通，我们入村工作时，一个老党员站了起来，他先是给大家讲了一则徐先生在家乡拾粪，拾到哪儿就随手倒在哪块地的故事，之后动情地说：移民群众为了国家的大局，背井离乡几百里来到我们这里。我们都要学习徐先生那种天下为公的大爱精神，即使耕地再少也要为移民群众提供最好的土地！一席话，群众不再吭声了，移民群众顺利入驻到了新村，并很快与当地群众融到了一块儿。为此，我深深感到徐玉诺先生的影响已不仅仅局限在文化层面上，他的人格，他的精神已深深根植于人民群众的心中。在辛集工作期间，虽然自己为徐玉诺故居的修缮、徐玉诺文物的收集整理以及组织有关活动也做了一定的工作，但是总觉得人微言轻、力度不大，成效不明显，常常为此而惭愧，感到忧心如焚。平顶山徐玉诺文化研究会的成立，使我和家乡人民看到了希望，看到了前景，也为我们更好更快、更系统地研究徐玉诺文化提供了平台，创造了条件。

研究和弘扬徐玉诺文化是我们义不容辞的职责。徐玉诺不仅仅是属于平顶山的，他也是属于中华民族的。徐玉诺先生的爱国爱民的赤子情怀，刚正不阿、天下为公的品格精神，都值得我们深入地挖掘研究和弘扬，这也是我们中华民族最为宝贵的精神财富。在这方面，我们要有紧迫感和使命感。我相信，有各级领导的重视和支持，有这么多专家、学者的热情参与，徐玉诺文化研究会一定会结出丰硕的成果，从而为平顶山的文化事业乃至全人类的进步事业作出积极的贡献！我也会尽心为徐玉诺文化研究会的工作提供好的服务和帮助！

(在 2012 年 3 月平顶山徐玉诺文化研究会成立座谈会上的发言)

二

十一月八日，平顶山市徐玉诺文化（诗歌）研讨会在鲁山举行。与会专家和学者从不同角度和侧面介绍了各自的研究成果，他们那种热心徐玉诺文化研究的执着、严谨的治学态度以及独到的见解给我留下了深刻的印象，既感动，又激动，同时也有一种感奋。一是为专家和学者们付出的艰辛所感动。徐玉诺文化研究会是一个民间机构，没有什么经济来源，专家和学者们都辛勤工作在不同的岗位上，能够不计名利，不计报酬致力于徐玉诺文化研究，完全是出于对徐玉诺先生的热爱以及对民族文化的责任心。特别是已八十多岁高龄的原省文联主席、著名作家南丁先生，曾与徐玉诺共事多年，他不顾旅途劳累，从郑州来到鲁山，在研讨会上娓娓道来，如数家珍，给我们再现了一位真纯如婴、慈爱若父的玉诺形象，并坚持到会议结束，着实令人感动。二是为家乡有这么一位了不起的人物而激动。徐玉诺不仅是一位诗人、教育家和社会活动家，而且也是一位斗士、菩萨和导师。他的率真、怪异，把个旧中国的现实演绎得淋漓尽致；他在新诗创作上的巨大成就，堪称一代宗师；他所倡导的"信爱和平"，也正是我们现在着力构建的和谐社会的精髓所在。三是为徐玉诺文化得以传承弘扬而感奋。徐玉诺文化所包含的信、爱、和、平，是我们中华民族最可宝贵的精神品质。徐玉诺文化研究会，为宣传和弘扬这种精神搭建了很好的平台，我们要充分利用这一平台，通过举办各种形式的活动，研究、挖掘和提炼徐玉诺文化所包含的精神内涵，并把它叫强叫响，发扬光大，为文化建设服务，为人类的进步事业服务！

（2012年11月在平顶山市徐玉诺文化研讨会上的发言）

三

和风送暖，春满山城。在这万物复苏、生机盎然的美好春日，我们迎来了"新诗百年朗诵会徐玉诺专场"。在此，我代表94万鲁山人民表示热烈的祝贺！对参与本次活动的专家学者、演职人员表示衷心的感谢！

　　近百年前，五四新文化运动一声春雷，带来了文学领域的万紫千红。文学百花园中，新诗的种子，汲取着中华优秀传统诗词文化的滋养，逐渐萌芽、生根，并开出了绚丽之花。徐玉诺作为中原文坛领军人物，是五四新文化运动时期我省跻身中国文坛的第一位新诗人。他的新诗集《将来之花园》，是我省出版最早的一本新诗集。徐玉诺犹如一颗璀璨的新星，闪耀在我国 20 世纪 20 年代文坛。徐玉诺一生写诗 400 余首，他的诗有着奇妙的表现力、微妙的思想、绘画般的技术和吸引人的格调。长久以来，徐玉诺的作品一直被传诵，被研究，被很多大学的研究所列为必读教材，他的《将来之花园》也早已跻身新文学运动中国白话诗之经典。

　　"这个世界不只有眼前的苟且，还有诗与远方。"诗，就是心灵的最深处。自从新诗诞生的那天起，她的阳光就深深撒播在人们的心灵最深处，给我们温暖，给我们抚慰，也带给我们力量。白驹过隙，倏忽百年。真正的诗歌的美丽却从不曾离我们远去。今天，我们在诗人徐玉诺的故乡，举办"新诗百年朗诵会徐玉诺专场"，意义深远而重大。让我们共同沐浴诗歌的煦暖阳光，固守我们心中的一方净土，拥有我们诗意的人生！

（2016 年 11 月在"新诗百年朗诵会徐玉诺专场"上的致辞）

作者（时任辛集乡党委书记）在徐玉诺故居揭牌仪式上发言

传承弘扬正当时

一

　　郭成智先生不仅是中国墨子里籍研究第一人，在传承弘扬墨学方面贡献突出，而且在诗词创作方面造诣也很深，他的诗词感情真纯，意境新颖，讴歌新生活，鞭挞假丑恶，充满正能量。郭成智先生的担当精神、执着精神和奉献精神值得学习。他20世纪90年代从部队转业到县志办工作时已年近半百，当他在文献中发现"墨子"这块家乡的瑰宝后，就义无反顾地承担起了研究弘扬墨子文化的重任，且孜孜矻矻，矢志不渝，即使退休后也是常常追寻墨子的踪迹，自费考察研究，取得了丰硕的成果，也得到了墨学界及社会的尊重和好评。文化艺术界的同志们要围绕"文化强县"的目标，以郭成智先生为榜样，立足本职，多在作品质量上下功夫，多出好的作品、精品，扩大鲁山诗词在全市乃至全省的影响力。县文联、县作协要广泛宣传，发现和培养优秀的诗词人才，壮大人才队伍。要搭建好交流平台，丰富活动形式，为文学艺术界的同志们提供更多的交流、沟通机会，使其在交流、沟通的过程中取长补短，优势互补，共同促进为鲁山的经济文化发展作出更多、更大的贡献。

（2015 年 10 月 8 日在郭成智先生诗词作品座谈会上的发言）

二

鲁山是千年古县，钟灵毓秀，人杰地灵，民间文化灿若繁星。鲁山的民间文艺家们以其卓越才华和辛勤耕耘，创作了一大批文艺精品，获得了许多省级国家级大奖。这些成就的取得是广大民间艺术家对鲁山这片土地的一种特别眷恋，是对鲁山这块沃土深情守望所结出的硕果。

陈子豪老师从事民间剪纸艺术 30 多年，对剪纸有着深厚的功底和精湛的技术，被艺术界誉为"中原神剪""中华手撕纸一绝"。今天，他在家乡创办剪纸艺术传承基地，义务教授乡邻、学生剪纸技艺，这是艺术大师对家乡的回馈。广大文艺家、文艺工作者要以此为契机，深入基层、扎根人民，进行无愧于时代的创作，把所专技艺传承下去，发扬光大，为繁荣发展社会主义文艺作出应有贡献。相信民间文化传承基地的设立，必然对振兴传统技艺，传承传统文化，助力脱贫攻坚，带动一方经济发展发挥积极的助推作用。

（2018 年 7 月 5 日在陈子豪民间工艺传承基地授牌座谈会上的发言）

三

此次市、县专家学者齐聚张良，围绕"汉初三杰"文化的遗迹遗存进行探讨、研究，必将对进一步提升作为"汉初三杰"故里的鲁山县在全省乃至全国的知名度和美誉度产生积极的影响。我们要着手对汉文化遗迹遗存进行普查，普查以后根据实际情况深入开展研究活动，对当地民间一些专家、学者的发掘研究工作提供支持和力所能及的帮助。要以征文活动为载体，围绕汉文化把一些地方的传说挖掘出来，强力打造汉文化品牌。"汉初三杰"文化是鲁山历史文化资源中的一块瑰宝，其开发与研究工作是一项系统工程，我们要把"汉初三杰"文化研究当作发展文化旅游事业、提升文化软实力的又一重要契机，抢抓机遇，积极采纳专家、学者的建议，将其与旅游开发深度融合，进一步加大宣传力度，多管齐下促进"汉初三杰"文化大放异彩！

（2018 年 9 月 7 日在张良、萧何、韩信"汉初三杰"

文化座谈会上的发言）

四

任应岐将军是著名抗日爱国将领，是在鲁山这片热土上成长起来的英雄人物。他追求进步，意志坚定，毁家纾难，为民族的革命事业做出了突出贡献，其事迹感人至深。同时，任应岐还是一位悲情式的英雄，至今还不是烈士，令人痛惜！通过这两年的不懈努力，我们掌握了大量任应岐将军的相关史料，为申烈工作奠定了坚实的基础。我们要统一思想，达成共识，为英烈正名。要深入挖掘，在史料上下功夫，进一步丰富我县的红色资源宝库。要加强宣传，配合申报，注重发掘文化力量，为经济社会发展注入动力；要弘扬任应岐将军无私无畏的英雄主义情怀，传承他坚定的爱国主义精神，激励全县人民同心同德、开拓进取，为建设美丽新鲁山而奋斗！

（2019 年 6 月 13 日在任应岐将军申烈推进会上的发言）

五

古琴台始建于唐开元二十四年，是鲁山人民为纪念

"音乐县令"元德秀而建的，距今已经1200多年历史。元德秀琴台与武汉伯牙琴台、苏州西施琴台、成都司马相如琴台并称中国四大琴台，"琴台善政"的故事影响深远，是我县十分宝贵的精神财富。我们要深刻认识古琴台文化的文旅价值，在研究挖掘的基础上，进一步弘扬好琴台文化所蕴含的忧国爱民、清正廉洁等时代价值，促进与我县的全域旅游深度融合，打造具有鲁山特色的文旅品牌。与会人员要持续关注古琴台遗址的修复工作，积极建言献策，多向外界呼吁和推介琴台，为我县文化强县建设作出积极的贡献！

（2019年6月20日在县政协重点提案协商督办座谈会上的发言）

六

墨子一生摩顶放踵，利天下而为之，建树良多，提出了"兼爱、非攻、尚贤、尚同、节葬、节用"等观点。他所创立的墨家学说博大精深，影响深远，是中华优秀传统文化的瑰宝，也是全人类不可或缺的宝贵精神财富。

近年来，我县高度重视墨子文化的挖掘研究与保护弘扬，积极开展对墨子文化的挖掘、整理、研究与宣传，连续成功举办多届国际墨子学术研讨会以及墨子文化高层论坛活动，产生了广泛而深远的影响。如今，墨子文化已经成为鲁山本土地域文化的代表，传承和弘扬墨子文化，是助力全县脱贫攻坚工作的强大精神动力，也是对民间民俗文化的保护和守望。今天，我们举行纪念墨子诞辰活动，就是要弘扬真知、传承经典。希望大家怀着崇敬的心情，向先贤致敬，从光辉灿烂的中华文明中汲取力量，不忘初心、牢记使命，为实现中华民族的伟大复兴不懈奋斗！

（2019 年 10 月 6 日在墨子诞辰 2499 周年纪念活动上的发言）

七

长城、长征和大运河精神是我国几千年文化瑰宝中的精华，是中华民族精神文明与传统文化的标志。中央站位高远，提出了兴建长城、长征、大运河三大文化公园建设。鲁山地处中原，战略地位重要，有楚长城、红二十五军长征途经鲁山等遗迹遗存，国家三大文化公园建设中就有两项涉及鲁山。我们要认真学习，充分认识国家建设文化公园的重要意义，抢抓机遇，积极融入国家文化公园建设。要深入挖掘我县的红色文化及楚长城文化，加大保护力度，发出鲁山声音，讲好鲁山故事。要加强调研，主动作为，为我县融入国家文化公园建设建言献策。要认真摸底调查，制定科学的发展规划。对能够保护的重要遗迹遗存树立标识，规划建设楚长城、红二十五军长征展览馆，努力把我县打造成长城、长征两大国家文化公园的重要节点，更好地带动我县经济社会的快速发展。

（2019 年 12 月 17 日在融入国家文化公园建设协商
座谈会上的发言）

八

非物质文化遗产是民族文化的精华，是民族智慧的象征。当前，一些依靠口授和行为传承的文化遗产正在不断消失，许多传统技艺濒临消亡。所以，加强非物质文化遗产的保护已迫在眉睫。"鼓儿词"是我县非物质文化遗产最具代表性的项目之一，其传承人冯国在继承祖辈曲艺演唱形式的基础上，不断创新发展，使"鼓儿词"这一具有鲁山特色的传统艺术形式，多次获得省、市相关部门表彰，是我县文化产业发展和非物质文化遗产传承的典范。"鼓儿词冯国工作室"的成立，为我县非物质文化遗产的传承和保护树立了新的标杆。希望冯国同志再接再厉，不断创新，传承好这项古老而独特的说唱剧种，为推进全县非物质文化遗产的传承和保护作出更大贡献！

（2020 年 10 月 11 日在河南省非遗项目鼓儿词冯国工作
室揭牌仪式上的发言）

参加鲁山端午节活动的中国屈原学会会长方铭会见冯国（中为方铭，左为冯国）

九

农耕文化是优秀传统文化的重要组成部分，是适应农业生产生活需要的国家制度、礼俗制度、文化教育的文化集合。杨庄村高度重视对传统文化的挖掘、传承和弘扬，重视对优秀地方历史文化的有形化建设，在乡村振兴开局之时，抢占精神文明建设前沿阵地，将"农耕文化馆"作为文化精品项目推广出去，展示了农耕文化所蕴含的人文底蕴和精神风貌。我们要充分发挥文化对乡村振兴的促进作用，将提升文化品位与打造生态宜居环境、推动乡村振兴有机结合，大力推进村庄文化、家庭文化向纵深发展，让人民群众真正成为文化创造者、文化参与者、文化享受者，焕发出乡村文明新气象。希望此举能吸引更多人来到农村、了解农村、热爱农村，在开创乡村振兴新局中施展才干、做出贡献。

（2021 年 4 月 14 日在马楼乡杨庄村农耕文化馆揭牌仪式上的发言）

作者深入山区调研历史文化

重走长征路 奋进新时代

今天，我们政协机关党员干部沿着当年红二十五军途经鲁山时的足迹开展"重走长征路，奋进新时代"活动，很有意义，其间还祭拜了两处烈士陵园，使人深受教育，感触良多。我的体会主要有三点：

一、来时的路充满艰辛，极其不易。红二十五军从罗山县何家冲出发时有2900多人，一路上遭到了国民党反动派的围追堵截，到我们鲁山境内时仅剩下不足1000人，损失较大，并且红二十五军平均年龄只有18岁，政委吴焕先28岁，最大的副军长徐海东也才三十来岁。这里边相当一部分是信阳这一带老区烈士们的后代，一些还是孤儿。这么一支条件艰苦的弱小部队，为什么能够一路浴血奋战最终到达陕北，那就是一个信仰，信仰共产主义，要为穷人打天下。为什么红军途经鲁山只有三天两晚上，却给老百姓留下了美好深刻的印象？就是因为红军信仰坚定，纪律严明，即使再困难，也不拿群众一针一线。红二十五军进入鲁山县境内，最先到达熊背乡境内的孙家庄。由于国民党的反动宣传，乡亲们看到一群衣衫褴褛的带枪人出现在村内，纷纷惊慌地向后山逃去。村民孙成德的祖母孙白氏由于年纪大、腿脚不灵便，落在了大家后面。舍不得家里东西的她一步一回头，就在回头的过程中，她吃惊地看到这样一个场景：大冷的冬天，这些衣衫破烂、身上血迹斑斑的红军战士穿着草鞋，个个都显得饥饿疲惫，却没有一个人进入村民家，只是坐在门外的石头上歇息。孙白氏顿生怜悯之心，忍不住折身走了回来，进屋端出家里做种子的一筐花生给这些娃娃兵，没想到这些饥饿的孩子并没有吃。后来部队首长来了，向她讲明了红军是抗日打鬼子保护群众的。孙白氏感慨万千，执意把花生送给饥饿的孩子们。盛情难却，部队首长同意了，战士们才每人抓了一把，走时把两块银元留给了孙白氏。

二、要不忘先烈，珍惜今天的幸福生活。改革开放四十多年来，我国城乡面貌发生了翻天覆地的变化，人民群众的生活水平一年一个台阶，获得感、幸福感显著增强。我们今天在团城烈士陵园，义务守陵十几年的范钦宪老先生说起先烈的时候，不停地擦泪。他说道，每当清明节、二月二的时候，他去祭奠烈士，听到周围噼里啪啦放鞭炮，都是后代去给先祖上坟，一小群一小群的，可是烈士陵园里面却冷冷清清的，这些先烈们牺牲时都很年轻，大多没有成家，一些甚至连姓名都没有留下。想到这些，他的眼泪就像耙子扒了一样往下流。前些天，随欣俺几个到马楼烈士陵园，二十几个烈士，只有一个有名字，看了之后，让人心酸。为啥那一年群众路线教育活动，我发言时说起鲁山党的早期领导人吴镜堂牺牲的时候33岁，"铁血团长"乔文宣牺牲的时候才26岁，当我下乡调研看到他们墓地荒草丛生、故居摇摇欲坠时，禁不住潜然泪下。我感到不忘先烈，就要学习他们身上的五种精神：一是信仰坚定。始终牢记为人民谋幸福、为民族谋复兴这个初心，百折不挠，一往无前。二是不怕牺牲。红二十五军两个红军小战士掉队被抓到了瀼河保安团，保安团长看到红军战士只有十四五岁，就问红军战士是不是家里穷，为了活命才参加红军的，哪知两个红军小战士斩钉截铁地回答：我们是红军战士，是为穷人打天下的，该杀就杀！也许是小红军的举动震慑了该团长，总之他指示把枪留下，人放了。三是纪律严明。红军途经鲁山时秋毫无犯，红军一位司务长在下汤买头猪，刚宰杀就接到了出发的命令，慌乱中他把猪一劈两半让四个战士抬着行军，就因为光天化日之下抬猪影响不好，部队就地整顿，连长、司务长都受到了免职处理。没有一个纪律严明的队伍是打不成胜仗的。四是勇往直前。只要铁定的目标，即使再大的困难，也要朝着这个目标坚定不移走下去。红二十五军从罗山县出发，又从鲁山打到陕北，历尽艰险，但是这个部队不仅挺了过来，而且还得到了发展壮大，受到了毛泽东主席的高度评价。最后一点就是无私奉献。为了革命的事业，为了人民的利益而义无反顾，舍家纾难，甚至不惜牺牲自己的生命。

三、要传承好红色基因，走好今后的路。首先要加强学习，从先烈身上汲取智慧和力量。其次要干好自己的本职工作，我们政协的本职工作就是履行好政治协商、参政议政、民主监督三大职能，当好党委政府的参谋助手。同时我们要不忘宣传弘扬，利用各种渠道和机会宣传弘扬红色文化，特别要给身边的同志、家人、孩子讲一讲我们身边的红色故事，因为身边的故事最能感动身边的人，身边出现一个大英雄，一个名人，对孩子们都是一个潜移默化的影响。因此我们要传承好红色基因，凝聚起强大的发展合力，为实现中华民族伟大的复兴梦做出积极的贡献！

（2021年4月15日在重走红25军长征路后的总结发言）

《张良传奇》序

　　鲁山历史悠久，夏称鲁县，周称鲁阳，秦代置县，唐初设鲁山县至今。这里是世界刘姓、赵姓的发祥地，是平民圣人墨子、唐代政治文学家元结、宋代抗金名将牛皋、"五四"诗人徐玉诺等先贤大家的故乡。鲁山先后被中国民协授予"中国牛郎织女文化之乡""中国墨子文化之乡"。

　　鲁山地处中原，背靠险峻的八百里伏牛山，面向肥沃的黄淮大平原，进可攻，退可守，是连接宛洛的重要门户，战略地位十分重要。蚩尤、大禹、商汤、周公、孙权等帝王权臣曾在此战斗生活过，留下了许多遗迹遗存。楚汉相争，刘邦以鲁山为后方基地，排兵布阵，运筹帷幄，并在犨东即鲁山东南大败秦将吕齮，进而打通了武关道，一路向西夺取汉中，完成了灭秦大业。鲁山至今仍留有张良、韩信、萧何等汉将屯兵而形成的地名。

农民作家、民俗学者孔庆夫先生，出生在历史文化底蕴深厚的鲁山县磙子营乡韩信街、萧何村之间的孔庄村。从小就耳濡目染，深深爱上了沉淀在这片土地上的历史文化。他虚心好学，留心听，用心记，并热心参加各种民间文化活动，先后整理出版了《爱神双星缘》《三齐王传奇》等书籍，为挖掘、传承、弘扬地域文化做出了积极贡献。

我和孔庆夫老师相识于 2008 年初，当时我在辛集乡工作，正参与策划组织申报鲁山为中国牛郎织女文化之乡工作，孔老师听说要征集牛郎织女文化的相关史料后，专程从磙子营赶到辛集乡找到我，说他打算写一本有关牛郎织女的传奇故事，为申报工作做些事情。望着这位年逾六旬、面色黝黑的农民的满腔热忱，我表示感谢和支持。但说实在话，当时并未抱太大的期望。其间孔老师又先后多次来到辛集，到鲁山坡、孙义村等地走访调研。想不到的是两个月后，孔老师竟拿着搜集整理的厚厚一摞《爱神双星缘》打印稿送我阅审。孔老师的这种执着劲和奉献精神我深为感动和敬佩。之后我们成了无话不说的好朋友，隔段时间我们就打电话互相问候。我调回县城工作后，负责政协文史和县炎黄文化工作，每有活动都会邀请孔老师参加，只要无特殊事情，他都热情参与，并先后写出了不少历史文化的文章，有几篇还被《鲁山文史资料》《鲁山简报》等报刊采用。2018 年 5 月在孔老师的策划推动下，县炎黄文化研究会和张良镇政府联合召开了汉三杰文化座谈会，促进了鲁山汉文化的挖掘、研究、宣传工作，受到了县内外学界的一致肯定和好评。

《张良传奇》是孔庆夫老师挖掘、研究、传承地域文化方面的又一力作。作品以汉代名相张良的传奇故事为主线，生动地描述了张良智慧而传奇的人生。本书共分十六回，3.8 万字，全书语言朴实晓畅，故事性强，引人入胜。如果说本书有什么不足之处的话，我感到作者在历史背景的把握上还不是很准确，还有值得商榷的地方，人物的塑造还显得有些单薄。

愿孔老师在注重身体健康的前提下，继续努力，为鲁山的地域文化做出新的更大的贡献！

（2019 年 7 月）

《墨子文化在鲁山》序

在我国南北气候分界山大秦岭余脉——八百里伏牛山东麓，有一座秀美而又神奇的群山，那就是尧山。尧山因尧帝裔孙、刘姓始祖刘累在此立尧祠而得名。孕育了中华古文明的长江、黄河、淮河三大水系交汇滥觞于此，滍水即大沙河横贯鲁山全境，是淮河最重要的支流，被称为鲁山的母亲河，滋养得鲁阳大地钟灵毓秀、人才辈出。战国时期著名的思想家、军事家、科学家、社会活动家墨子就诞生于尧山脚下的尧山镇尧山村，他一生摩顶放踵，注重实践，利天下而为之。他提出的"兼爱、非攻、尚贤、尚同、节葬、节用"等思想主张影响深远，被誉为"平民圣人"。

在墨子故里鲁山，墨子的影响无处不在，已深深地根植于山民们的血脉中。遗迹遗存遍布全境，有墨子故里碑、墨子著经阁、墨子岭、墨子洞、黑隐寺、隐杰沟、圣人垛，有墨子和鲁班比巧的风筝山、棋盘山等等，尧山、赵村、下汤一带至今在民间仍活跃着带有互助性质的墨子堂匠班，敬奉墨子，助人为乐。著名的墨子传承人有郭成智、张新河、张九顺、李成才、孙德润、张天铎、代保仓等，特别是居住在尧山村墨子故居的孙德润老师，一生执着于墨子文化的传承和弘扬，虽家境贫寒，但挡不住他每年都要在墨子诞辰等日子自费举办纪念活动，屋里屋外，到处都悬挂、摆放着和墨子相关的画册和标语，即使漏风漏雨无钱维修，也仍坚守着三间据传为墨子居住过的土瓦房而不让儿子扒掉，精神令人十分感动。自从认识孙老师后，我每年都要抽出时间去看望他。2017年春节前夕听说孙老师病重住院，我和县文联主席郭伟宁、原主席袁占才等同志立即到医院探望，八十三岁高龄的孙老师紧紧地握住我的手，说他最放心不下的就是他没有培养好传系人，我们好言相慰，让他多保重身体。想不到的是刚过春节，孙老师即带着遗憾撒手人寰，让人唏嘘难已。

张天铎老师长期从事行政工作，曾任尧山镇（原二郎庙乡）副乡长、乡长、人大主席，退休后致力于墨子文化的挖掘、传承工作，做了不少有益的事情，尤其是策划动员村民自筹资金，利用尧山村丰富的墨子文化资源，辟建了墨子岭景区，迈出了文化与旅游深度融合的第一步，并挖掘整理了《墨子故事汇编》通俗读本，这是民间传承弘扬墨子文化的生动体现，可喜可贺！尧山镇党委政府高度重视文化工作，党委书记谷洪涛同志专门找到我，让我为

《墨子故事汇编》写个序言。推辞再三，感到自己虽不是墨学研究专家，但这几年毕竟从事地域文化的挖掘弘扬工作，学习收获了不少历史文化知识，也就把自己的所思所感写下来，权当作个序言吧！

愿墨子文化代代相传，启迪后人，造福社会！

（2019年6月6日）

《千年圣火在鲁山》序

鲁山历史悠久，文化底蕴深厚。而地处鲁山西南部的团城乡山水秀丽，物华天宝，人杰地灵，更是一块风水宝地。

前些年我到团城乡调研，发现团城乡这个地方虽然面积不大，但是一些地名却十分独特，如大团城、小团城、鸡冢（俗称鸡蛋冢）、接官亭、旗杆街、朝王殿、泰山庙、玉皇庙、牛王庙等，总感觉这些地名的背后一定蕴藏着十分重要的历史密码。鲁山古称鲁阳，周代为王畿地，西周初年是周公封地。联想到"王子朝奔楚"等历史事件，更感到团城乡的这些文化现象值得深入挖掘和研究。2016 年，经人推荐，我认识了团城乡的王相生老师。王老师是一位土生土长的农民，打小时候起，他就对家乡这些十分古老而又奇特的地名有着强烈的好奇，经过多年潜心调查和研究，只有小学文化程度的他竟写出洋洋洒洒万余言的《鲁山团城山鸡冢疑探》。我认真阅读后深为惊叹和感佩，也认可王老师的大部分观点，并将此文推荐给了文化艺术界的几位老师，他们阅后也给予了充分的肯定和好评。随即我们就把这篇文章通过鲁山广电局微信公众号《豫见鲁山》发了出来，谁知一石激起千层浪，短短数日点击量即过万。2017 年，该文在《平顶山日报》文化版刊发，引起社会极大关注和反响。不久，我即带领文化艺术界政协委员和相关部门负责人到团城乡进行了专题调研和座谈，并在鲁山县电视台开辟了宣传弘扬鲁山历史文化的栏目《西鲁讲堂》。地方研究学者张新河、平顶山学院教授刘艳霞、袁明洲也相继发表了《"王子朝奔楚"大本营在鲁山团城山》《寻找失迷的中原古国——鲁国》《春秋时鲁国与郑国祊地的纠结》等研究论文，从不同视角对团城乡乃至鲁山的这些文化疑团进行了深入研究和大胆探索，取得了重要研究成果。

以团城乡文化为代表的西鲁文化研究成果得到了县委、县政府的高度重视和大力支持，县委书记杨英锋、县政协主席杨聚强多次指示要加大鲁山西鲁文化的挖掘研究工作，县政协还把这项工作纳入到了年度文史工作重要课题。王相生老师牵头编印的这本《千年圣火在鲁山》，册子虽小，但定能起到抛砖引玉和积极的宣传作用。我们坚信，随着研究的深入和考古工作的推进，鲁山历史文化中的这些谜团一定会拨云见日，成为鲁山丰厚文化宝库中的一颗颗璀璨的明珠！

（2021 年 5 月）

丹心一片著华章

袁占才

我不嗜烟酒，乏于交际，朋友不少，知己不多。而春瑜君，亦师亦友，知音知己也。我们掏心窝子，无话不谈。其为官为人，令我敬佩，从他身上，我受益匪浅。

屈指算来，与君相识，三十余年矣。他长我两岁。其父邢庭亮，原籍汝州，一代名医。1948 年鲁山解放，老人涉过歇马岭古关，至背孜行医，感此地民风淳朴，扎下根来。邢老处世谦恭，待人热诚，长期应聘，坐诊乡村，不为名利，但求用岐黄之术，为百姓解除病痛。是故，凭仁心良方，成医林瑰宝，救人无数，惠及乡里。每与君叙谈，忆及令尊音容，即哽咽感怀。老人以身垂范，教子有方，所育四子，个个成才。除了老二潜移默化，承继遗风，余皆从政，清廉有名。春瑜行三，自幼聪敏，师范毕业，回到背孜，栖居乡中，欣欣然，拿起教鞭，激昂讲坛。闲余，则伏案笔耕，纸上种田，数百篇文稿，被各级电台广播、报纸登载，成为市县优秀通讯员。媒人介绍对象，姑娘走在街上，正犹豫呢，忽然，广播里，播送出背孜新闻，细听，正是春瑜所写。姑娘一喜，心弦拨动，和鸣至今。

斯时，我因诌诗，调入文联，办《鲁阳文艺》，在众多来稿中，发现署名邢中卿的，字迹工秀，所写似小说、像散文，颇耐读。其中《破碎的梦》《七嫂》等，故事辛酸，情感充沛，短短千字，令我唏嘘，至今难忘。好文章，当然要发，哪料得，中卿就是春瑜君。由此结缘，通信交往，关系一日深似一日。

20 世纪 80 年代末，大地苏醒，时代律动，文学潮起，爱文的青年，如雨后春笋。鲁山多个乡镇，成立文学社团，油印刊物，传播交流：梁洼有《星河》，张良谓《山溪》，四棵树名《春潮》，赵村是《春蚕》，背孜的，最响亮，叫《荡泽河》。《荡泽河》，取滋养之河名，含激荡、润泽之文意，大气，有味儿。犹记《荡泽河》设计排版讲究，览之，一方水土，一隅风情，灵性活现。不想，《荡泽河》社刊，乃春瑜领衔主办。遥看鲁山文坛，绿草如茵，生机勃发，我心甚慰。不久，春瑜与同在一校任教、后擢县志办主任的耘亚兄，两人力邀我前往，为学生授课。我斗胆开讲。那是我首去背孜，也是我破天荒，第一次登台。课后，春瑜伉俪专在家中设宴待我。我们相谈甚欢。其后几十年，我与背孜笃厚，所去次数最多。那里，山水宜人，风情纯朴。半缘工作，半缘为君，春瑜回家，有事无事，也总爱喊我作陪。

之后不久，《汝州晚报》招聘人才，春瑜过关斩将。待办调动手续，却踌躇起来：虽然汝州是祖籍，但更难割舍的，是生养他的鲁山。正在犹豫之际，县委办招人，别人鼓动一试。春瑜走马鲁山，以其生花妙笔，得领导青睐，步入县委大院，开启辉煌人生。我一直庆幸，春瑜若去汝，于他，人生改写，于鲁，于鲁山文化，将损失巨大。

好在，他没有去成。

踏石留痕。一路走来，风生水起。在政研室，由春瑜执笔的调研报告，多次被省市转载；上级的政策决策，有多少，源于他的建议？！在乡镇局，他恪尽职守，为企业排忧解难，有多少人感念在怀？！主政辛集，连续十年，殚精竭虑，引资金，上项目，获荣誉，创先争优。辛集之腾飞，非一人之功，却与春瑜密不可分。记得 2008 年，鲁阳电厂、西气东输、郑尧高速、南水北调、淅川移民等国家大项目，集中开建；征地补偿，拆迁施工，矛盾重重。春瑜压力山大，不可想象。一次群众信访，记者跟随，面对镜头，春瑜苦口婆心，晓之以理，最后，记者也被感动，竟同他一起，做起群众工作。辛集距家，仅二十来里，但春瑜吃住在乡，月二四十，难回一次。书中有篇《禁烧故事》，说的是，上级命令，秸秆禁烧，谁烧罚谁，烧谁罚谁。这可苦了乡镇。三夏大忙，春瑜夜以继日，穿梭田间，腿跑断，眼熬烂，疏堵并用。文中记述，时任书记王方，脚伤未愈，蹲在鲁峰山顶，用望远镜瞭望，发现火情，手机一打，春瑜即速前往。有人戏曰："中州名镇，驴屎之乡；使死春瑜，美死王方。"人听了，既笑且叹，笑二人默契，叹春瑜辛劳。大多乡镇干部，挺胸仰肚，春风得意，而春瑜君，身材单薄，低调谦虚。在乡10年，他体重由120多斤，瘦成了108斤；有几次，他痔疮复发，为不耽误工作，躺在办公室打点滴。同事们心疼他，劝他去医院。医生检查过，摇摇头，说："你是缺油所致，今后要补充营养啊。"

辛集乡境，有一座仙山，名鲁峰山，平地突起，巍峨壮观。天上人间，仙凡结缘，牛郎织女传说，即源于此。2009年1月，中国民协授予鲁山为"中国牛郎织女文化之乡"，概滍川肥沃、遗存丰厚、传说美丽、文化传承根深蒂固也。然这块金字招牌的获得，并非轻而易举、手到擒来。那是春瑜君高瞻远瞩、全力支持的结果。他制定"经济富乡、文化强乡"方略，既搞经济，又抓文化。遥忆当年申报，每遇花开春暖、流火七夕、荒野菊绽，鲁峰山上，彩旗飘飘，山歌悠扬，人潮涌动。县里钱窄，乡里垫支；诸多活动，乡里主导。记者采访、作家采风、领导视察、专家考察，春瑜莫不亲自作陪。对于这张文化名片的争取，不少人目光短浅，感觉搞文化，虚头巴脑，劳心费神，极尽讥讽，说他"疯""傻"。春瑜听了，不以为意，一度，干脆把网名起作"憨牛郎"：你说我傻，我就是"傻子"；你说我疯，我就是"疯子"。

这是一种远见卓识。看似愚钝，实则是大智慧。

如今，鲁山牛郎织女文化风情园开门迎宾，牛郎织女文化产业园筹备兴建，鲁山美誉度进一步提高。七夕牛郎织女文化，全国有十多省市纷争，而鲁山抢占先机，独占鳌头，名驰寰宇，春瑜功莫大焉。厚德载物，弦歌雅韵，国家提出文化自信，文化资源已成地方软实力，正如春瑜诗中所写："毓秀钟灵鲁城东，山乡巨变牛女情。"

对于文化，春瑜的那份执着、痴心，鲜人可比。他任职政协，分工文化，虽属联系协调，却是日日操劳。全县的文化活动，十之八九，他都参与。单位举办活动，凡与文化沾边，言语一声，该他去的，他去；不该他去的，他也去。主办单位所邀，多四大分管副职，然而，其他领导事多，弄到最后，常是只剩了春瑜一人出席。春瑜不介意，也不推辞。他不过拘泥，不多讳忌，身处官场，没有官味。作为县级领导，春瑜去了，主办方荣光。春瑜常说："人无私心，敢于担当，久久见功；看准的事，哪怕事倍功半，也要努力去做。"他遵循的原则是：只要弘扬的是正能量，彰显的是文化，对鲁山有利，不管别人怎么说，我就支持。

别以为政协清闲。虽是比乡里轻松，但春瑜依然繁忙，事儿稠，不停地奔波、劳碌。多少次，几件事挤一块，分身乏术，怎么办？来个折中，预先商议，哪先哪后，两下兼顾。要么，先出席文化活动，致过开幕词，起身离开，再忙别的；要么，先到其他场合照一面，再溜到文化这边来，发过言，讲过话，悄悄返回。多少次，眼看他在那边主席台上坐着，扭扭脸，又到了这边。我在职时，有无数次搞活动，议程进行到一半，该春瑜讲话，我赶快打电话，请他过来。我戏说："您这是在赶场呢。"春瑜回曰："咱这一角儿，亦官亦民，非官非民，忧官忧民。"话语耐人寻味。一次政协党组开会，有人提意见，说他对文化太过重视，精力倾斜，耽误本职。然提归提，春瑜不改初衷。受其熏染，其他政协领导亦都开始情洒文化。贵客莅鲁，要问文化事儿，县主要领导吩咐："喊邢主席来。"而关乎文化方面的决策，领导也会说："大家听听春瑜的意见，他是专家。"弄得春瑜自嘲："咱半路出家，一瓶子不满，半瓶子晃荡，不是专家，倒冒充起专家了。"我说："您是土专家、地方民俗专家；更何况，您还是正儿八经当选的中国屈原学会理事呢。"

尤应为春瑜点赞的是，他为县炎黄文化研究会的辛勤付出。

炎黄文化，涵盖了我县的所有文化，换言之，炎黄工作，亦即我县的文化强县建设。

春瑜之贡献，值得浓墨重彩。

2013 年 4 月，春瑜主导，成立了县炎黄文化研究会，挂靠文联。春瑜原任执行会长。2018 年换届，大家一致推举他担任会长。8 年多来，春瑜不忘初心，不辱使命，无时无刻，不在思谋文化。他百计千方，求情舍脸，克服困难，综合协调，凝心聚力，使文化、文艺、文史界，拧成一股绳，开展文化研讨，挖掘文化资源，提升文化品位，叫响文化品牌。炎黄旗下，先后成立起琴台文化研究会、牛郎织女文化研究中心、收藏文化研究中心、鄩城屈原文化研究中心、任应岐研究中心、徐玉诺学会等专业研究组织。各负其责,各有侧重。研究会筹资金,搭平台,活动一个接着一个,专家走了一拨,又来一拨。丰硕成果,全市翘楚。光他参与编纂的图书,就有十多部。围绕牛郎织女文化,举办座谈会、研讨会、山歌会、民歌会、菜花节、葡萄节、风筝节;围绕墨子文化,举办和谐论坛、发展论坛、军事论坛、旅游论坛、量子卫星成功发射座谈以及纪念墨子诞辰民俗活动,推进墨子文化旅游区、墨子文化馆、墨子故事文化苑建设;围绕屈原文化,外出考察、实地调查,举行业界专家报告会、"屈原之寺"碑释读座谈会;围绕仓颉文化,举办文学征文、诗联征文、书画征稿;围绕任应岐,挖掘史料,做好基础研究,召开史料研讨会、申烈座谈会、报告会,多次赴市、赴省、赴京专题汇报,终使任应岐申烈工作取得巨大进展。围绕西鲁文化,开办西鲁讲堂、竖立鲁阳公墓碑和鲁阳公挥戈返日处碑。每年,由县委、县政府承办,升格为国家级的文化活动,诸如汉字节、端午节、七夕节、墨子文化节,春瑜忙忙碌碌,哪里面,没有他参与的身影?!由炎黄主办、承办、协办的活动,数不完,记不清。

为了鲁山的文化建设,春瑜忧思满怀,一腔真情。为着文物保护,不该管的,他去管了;为着传统村落保护,不该发的脾气,他发了。犹记 2016 年 8 月 16 日凌晨,"墨子号"成功发射。这颗量子卫星,由我国科学家自主研制,它的升空,意义重大。以墨子为名,鲁山也引为骄傲。第一时间,春瑜并政协其他领导吩咐,向中国科学院、酒泉卫星发射中心致函祝贺。酒泉回函感谢。两地情结。当年底，春瑜与政协张振营主席等，一同赴酒泉慰问。在酒泉，春瑜早上起床，打开电视，看到央视播"班墨故里，善国双圣"广告语，一种激愤上头，一种责任涌心，他立即拨通我的手机，要我尽速写两封情况反映，一封，寄中宣部、广电部、央视；一封，寄省委书记，建议墨子文化的打造，提升到省委的文化发展战略上。春瑜特别强调，我们所写信函，要态度鲜明，口气严肃，申述理由充分；墨子与墨学，是中华文化的精华，我们研究墨子，弘扬墨学，但反对学术造假、绑架名人；该条广告宣传语，与历史不符，应立即停播。发北京的信，虽未回音，但之后再看央视，已没有了滕州的墨子宣传；而遗憾发给省委的，竟以信访件的形式，又转到我手中。我自己写的反映，自己再回函答复，让自己满意，闹成了笑话。这次经历，春瑜在不同场合，多次讲述，每每语及，伤怀感悲，情动于心。

好多次，春瑜面对某些官员只重政绩，不重文化的现象，陈词慷慨。他针砭时弊，多次建议，坚持文化自信，应该把文化纳入考核，采取一票否决。如是，文化才能真正发展勃兴。有一次，某乡书记以基层工作繁忙为由，表现出对文化的淡漠，春瑜乘着酒劲儿，批评激烈，弄得人家脸上十分挂不住。我在春瑜身旁，急得直拽他衣襟，他毫不理会。我暗暗吃惊：春瑜为人严谨，处事平和，何以这么杞人忧天，要得罪人呢？！

仔细一想，那是他情不自禁，对文化的一片丹心映照、赤诚流露啊！

而对于文化专家、文艺翘楚、文史资料员，春瑜则尊崇备至，关爱有加。病了，到家中探望，去医院探视，三天两头电话问询。上些年纪的，逢年过节，携相关同志，前往慰问。文化界人，公事私事，只要张口，春瑜倾力相助，不求回报。人问之："何以你能与文化人感情笃深，肝胆相照？"春瑜笑了，说："当官儿，谁都能当，干文化，却不是谁都能干的；几千年了，鲁山出了几个墨子、徐玉诺？李福才驾鹤西去，鲁山再没了剪纸仙手。做文化人，需要勤奋加天赋。文化人才，他们一个个就是鲁山的大熊猫啊。"

谈及鲁山文化，春瑜五味杂陈。他曾情绪激动地说："鲁山文化，灿如星河，美若璞玉，俯拾皆是；有不少，我们是被别人倒逼着在做。平民圣人墨子，山东人一直在为我们鸣不平；伟大诗人屈原，湖北、北京的专家率先为我们发声；七夕牛郎织女，全国近十个省份在争；甚至抗金名将牛皋，平顶山新城区也在弘扬。我们有什么理由，对家乡的文化瑰宝无动于衷？"春瑜不无忧虑："咱不努力，保不准，人家跑马圈地，把咱的资源都占了，抢了，悔之晚矣。"也正是春瑜发声，各界鼓呼，县委提出，打造"三都一地"（美丽鲁山，智慧之都；名窑之乡，花瓷之都；丝路原点，家纺之都；牛郎故里，爱情圣地）。爱之深，近年，春瑜逮机会，就说文化，讲文化。他在西鲁讲堂讲，在党校讲，在机关讲，在乡村讲；开会讲，座谈讲；忙中讲，闲中讲；结合自身体会，滔滔不绝，声情并茂，获得掌声一片。

春瑜身上，闪光点多矣，最璨处：怜贫济困，乐于助人。他身披官衣，虽未官架官威，说话办事，却颇具筋力。无论是谁，识与不识，遇了火焰山，他毫不推辞，极力相助。好多次，见乡人找他办事，以为是亲戚，一问，是他在辛集时的村民；好多次，手机铃响，一接，也是乡民打的。我说："生号不接算了。"春瑜一笑，说："是打，都遇了困难，满怀希望，咱不违原则，能办就办，办不了，人家也理解。"文化界，有几位老人，性格执拗，说话啰唆，无事闲扯，他们找我，早的过早，晚的太晚，我少耐心。他们联系春瑜，早早晚晚，春瑜不厌其烦。朋友托我事，力有不逮，每每想到春瑜，转求于他，春瑜照办。很多领导自私，缺乏人情，不关心属下，而春瑜对下属，却是关照有加。这一点，我深有体会。相信熟悉他的人，一定也有同感。

临近退休，春瑜君文集行世，值得庆贺。这些篇什，虽然博杂，乃其心血。举凡历史文化，风土民情，邻里乡党，草根小民，悉入君之笔下。从艺术衡量，似显单薄，但文字质朴，情感真挚，叙述鲜活，很接地气。其基因基调，充溢乡韵，漫扬爱意。有几篇，文史价值颇高。

春瑜君在第一编题下，引艾青诗："为什么我的眼里常含泪水？因为我对这土地爱得深沉……"这是君一生情感之真实写照。我们总是说，鲁山物华天宝，人杰地灵。若是都能像春瑜君一样，为家乡竭才尽智，相信鲁山的明天，会建设得格外美好。

文字点亮的情怀

叶剑秀

近来反复阅读春瑜先生的书稿《桑梓情》，甚为喜悦，把自己倾注心血的文字结集出版，值得庆贺。与春瑜先生是几十年的至交，情谊笃厚，很想为这本文稿写点感言，不免又有些惶然，恐一支拙笔难书高见，若以偏概全，信口胡诌，必是贻笑大方了。

时光回溯到几十年前，正是青春韶华，我们因文学结缘，一同在文学的田园里耕耘诗行，煮字疗饥，追逐梦想。依春瑜先生的文字功底和灵气，远在我之上，如果他不从政，必能成为一名优秀作家，会把我甩得更远一些。

《桑梓情》这部书稿共分六个编章，分别用"乡情悠悠""乡村纪事""激情岁月""世态掠影""杏坛小耕""言论辑要"为题，收录了作者多年来的文字作品，包括散文、小说、纪实文学、新闻稿、讲稿、发言稿，甚至还有诗歌。实话说，有点杂了，严格讲还算不上文学作品集。可阅读下来，不干巴，不浮躁，字里行间闪动着亮光，篇篇流露着真情实感。文虽朴实，但醇厚生香，回味无穷，读过沉思，感触颇多，文集中最大的亮点是润物细无声的人文情怀。禁不住还是想写几句心里话。

每一个作家都有自己的精神原乡。我常想，家乡是什么？家乡其实就是乡亲、乡谊、乡俗的生动平台，也是珍藏情感记忆的一座丰富老窖。在生身养心的这片热土上，熟悉的身影不经意间会在面前闪现，乡亲乡邻的音容笑貌时常会魂牵梦绕，萦回脑际；在山野或乡间行走，一声问候，几句家常，至纯至善的言谈，仿佛就是邻家大哥或近门亲戚，让人心灵踏实，安然回归家园。在家乡的大地上行走、成长，古老的传说、美丽的童话、浓郁的乡情会扑面而来，温润身心。机遇和抱负，理想和拼搏，即便有幸出外拓展一片灿亮天地，难以忘怀的永远是故乡。无论心的飞翔有多高多远，成就多大事业，灵魂始终走不出家乡的坐标，这便是故土情结。

桑梓难忘，春瑜先生亦是。

　　八百里伏牛山，逶迤连绵，蕴藏着十分丰富的绿色宝藏，烧不尽，垦不完。孩提时代，我总是随着大人登山垦荒，天真地这样想。湛蓝的天，翠绿的云，朗笑、野唱在山岚雾气中穿行，谜一样神秘，爱神一样撩人。我随着大人们开荒的镢头声穿来穿去，扒个棉枣，捡把茅根，拉个栗疙瘩，其乐融融，其趣陶陶，把整个世界都思虑得极纯极净。村前，村后，一里，二里，当荒垦到我望不见的地方的时候，家乡真的"荒"了。

这是作者对家乡的描写，文字里盈满纯真的回忆和对美好生活的向往，甚或还有淡淡的忧伤。

春瑜先生笔下大多是小人物，他给这些生活工作在底层的人物赋予了生命的活力，让这些构筑成大社会的小人物有了时代色彩，励志励人，读来活灵活现，鲜活感人。

如：

采访归来，不知怎的，我的脑海中总是闪现着老黄牛拉犁负重的身影。我知道，那是你的化身，那是伏牛山的缩影啊！当夕阳涂满了漫天的晚霞，我恍然看到，那头黄牛正沐浴着红光，饱绽深情，在那片古老而又年轻的大地上默默向前躬耕着……

悠悠五年过去了，岁月的雕刀已在他生命的历程上刻下了二十四个年轮。从八二年到现在，他共开办了剪裁培训班三十多期，培训学员一千多名，足迹遍布鲁山、临汝、汝阳等县。他自谋职业，身残志不残的事迹多次受到乡、县、市有关部门的表扬，一九八七年，平顶山团市委授予他"青年实用培训师"荣誉称号，并给他颁发了证书。他终于从一个世俗称之为"累赘"的残疾人成了山乡的宝贝！

突然降临的灾难，严峻地考验着生活在这里和周围的每一个人。在人们普遍追求经济价值的今天，这里人与人之间的关系究竟如何？当我们怀着沉重的心情，踏着灾后的废墟来到这里采访的时候，惊喜地发现：人心，在这里升华；人情，在这里闪光。

在一些篇章中，我读出了作者的另一番情怀，那就是对故土的思考、担忧和呐喊，文字的痛感，令人动容。还有对师长那一份真挚的怀恋，感人不已。

灯草沟变成了一片废墟，然而在这片废墟之上升腾着的人性、人情之光，将和中华民族古老的历史一样，与天地同在、与日月共辉！

我伫立在袒石露脉、干枯委顿的山头，直想哭，哭大自然，也哭人类。我实在找不出合适的语言来表达此时此刻的感受。

山菊花盛开了，一簇簇，一团团，傲霜挺立，迎风飘舞，把千沟万壑、平地山岗点缀得荧荧煌煌、曼妙无比。那醇酽的清香啊，在空中酝酿、涌动，沁人肺腑，动人肝肠。此时此刻，我孤独地伫立在这无垠的簇菊丛中，睹物伤情，泪水不禁模糊了双眼。朦胧中，那金黄的云霓里，一张熟悉而又憔悴的笑脸闪入我的眼帘。

山风拂来，汩汩淌淌的菊香把我推向了迷离的山岗。啊！菊花姐，您没有离去，我看到了你，我看到了你呀，那漫山遍野的山菊花不正是您香魂的化身吗？

我恭敬地把一束山菊花放在了菊花姐的坟前，默默地献上了一颗学生的心……

尤其《背影》(《心之悔》)和《破碎的梦》两篇，作者用纯净动人的文字，把人间的真情展现得淋漓尽致。他以生活中的小事为线索展现情景，把母亲、外婆的母爱情愫，描写得真实感人，把自己的愧疚和不安，书写精准，分寸得体，让人读罢不禁泪目。

望着母亲远去的背影，我忽然感到了良心上的不安，我也许是第一次窥见了母亲那霜染的白发后面隐藏的辛酸，眼睛不禁有点湿润了。我别过脸去，任愧疚作践。同时，一种勇气、一种激情也在我心头潜涌起来。

最后一次见外婆，她爱怜地抚摸着我，深陷

的眼眶涌出了不断线的泪珠，随着那殷红的泪，扯出了一个心酸的故事……

春瑜先生的文字无矫揉造作之感，行文流畅中饱含真情。在《青橄榄》中，他把青年学子的青涩爱恋、对美的追求、对前程的向往，写得如梦如幻，优美如诗。对落榜的落寞和后悔，写得幽怨似歌，真实可信，颇见功底。

月儿升起来了，如水的月华倾泻在黛蓝的山峦上、田野间。淡淡的雾霭弥漫开来，给这深秋的夜披上了神秘的面纱。朦胧里，你带着迷人的笑靥，迈着轻盈的步履，径直向我走来。我闭上了眼睛，欲把你玲珑的倩影凝固在我心灵的感光片上。然而，风儿吹来，一切如故，秋野还是如此的静谧，月儿还是如此的倾情。我突然莫名其妙地恨起你来，只因你曾令我心驰神摇、遐思悠悠？只因你曾无情地回绝了我的苦苦解释、杳如黄鹤？我说不清，道不明。

我真想不到你会闯入我的天地。当我带着第一次高考落榜后的深深自卑、逃难似的进入远离家乡的一所小有名气的中学插班复习时，你也含着少女特有的忧郁从你的家乡坐在了我的后排。说实在的，当时，我这个见了女孩就脸红的山里人，并没有留心你的存在，我只把世俗的奚落、家境的窘迫全部转化成了埋头学习的动力，性格变得既孤僻又清高，真可谓两眼不顾身边事，一心只读高考书。

在《禁烧故事》《南水北调话"三难"》的篇章中，作者客观真实地书写了乡镇干部的工作样态，在现实生活中汲取的文字，带着乡野的芬芳，散发着泥土的野味，风趣幽默中道出了基层干部的辛酸与无奈。春瑜先生在乡里做了十几年乡长、书记，尝遍了工作、生活中的酸甜苦辣，有感而发，便有了不可复制和无法替代的人生感受，故此当这些感悟转化成文字的时候，尤显难得和珍贵。

2014 年 12 月 12 日，南水北调工程正式通水。流经鲁山那天，已经调回县城工作的我一人登上了毗邻大渡槽的鲁峰山，站在山顶，眺望着壮观的大渡槽，目送着一泓碧水向北流去，我感慨万千，泪流满面……

春瑜先生回到县城后，担任县政协副主席职务，把一腔热情倾注到鲁山文化艺术的发展和建设上，在文集诸多的篇章中，可以领略到他的担当和博大情怀，一桩桩，一件件，他的殚精竭虑，他的鞠躬奉献，他的所作所为，值得很多人思考。我们不仅仅敬重他的文字，更敬重他的人品、修为和情操。

不可想象，一个对过去缺乏关切的人，对未来能有多少担当；一个对脚下这片土地冷漠的人，对生养的家乡能有多少热情。一个没有家乡情怀的人，一个永远在忙碌追逐而无暇回望的人，不管到了哪里，大概都只有欲望的漂流，而缺失爱愿的方位。

文明以人为本，不以物为本，因此人的情感、人的审美、人的心灵皈依仍有不可或缺的重要地位。作为一个灵敏测点，家乡也许仍可继续为我们测出文明的品格。正是在这个意义上，家乡是现代文明反思的起点之一，因此它不是一曲怀旧者的挽歌，而是一个进取者的自我逼问，并勇敢地做出尝试、探索和实践，以一己的微弱之光，点亮故乡前行的旅途。

春瑜先生做到了。

就文学而言，这本文集似乎还有一定的提升空间，这未免有点苛刻，既是挚友，无须敷衍，还是说出来的好。

转眼我们都已届花甲，人生又是一个驿站。卸下普众的使命与重担，心灵安静下来，潜心雕琢文字，相信春瑜先生一定能写出更多的醒世华章。

后 记

转眼间，岁月的年轮已划过了近六十个春秋。

我是吮吸着鲁山这片大地上的百家奶长大的。母亲生我不足六个月就患急病突然离世，当时大哥九岁，姐姐五岁，二哥三岁。父亲于解放初期弃教从医离开条件相对优渥的临汝县城，来到缺医少药的鲁山西北山区行医并在背孜落户，长期靠租房居住。突然的家庭变故，令房无半间、生活紧巴的父亲手足无措。望着嗷嗷待哺的儿子，买不起炼乳的父亲只好抱着我走村串户寻奶吃。令人感动的是，那一个个善良的、熟悉不熟悉的"奶妈"们并没有拒绝父亲，都会爱怜地敞开怀抱，让我饱餐而归。半年后，邻村一刚生下孩子不久的妇女，也就是我感恩一辈子的干妈收留了我，让我得以固定地分享本应属她亲生儿子独享的并不丰富的乳汁。两岁多时，宽厚仁慈、视我们如己出的继母来到了这个家庭，承担起了抚养我们姊妹四人的全部重任，直到八十岁去世。不知情的人根本看不出那是我们的继母，我也是十多岁时才从不慎漏嘴的邻居婶婶那里知道了身世。山民们的无私哺育，使我对鲁阳这片厚重的大地无限依恋，血液里始终沸腾着一腔羔羊跪乳般的家乡情怀，即使外出求学或出差，不出三五天，心中就会烦躁不安，茶饭不香，归心似箭。"一日离家一日深，犹如孤鸟宿寒林。纵然此地风光好，还有思乡一片心。"这首小诗最能反映自己离家迟归时的心境。

师范毕业回到家乡后，我干过教师，干过秘书，当过乡镇干部和机关干部，无论岗位如何转换，始终不变的就是对家乡的那种特有的情怀。为家乡的贫穷落后忧虑痛惜，为家乡取得的每一个进步而欢欣鼓舞。尤其是从乡镇又回到县城工作后，有感于家乡历史文化丰富多彩，但大多沉睡在历史深处的现实，就在一帮有志于鲁山文化发展繁荣的同志们的感召支持下，义无反顾地把大部分精力倾注在了对鲁山传统文化的挖掘、研究、弘扬上，十几年来也取得了明显的成效。这就是我把文集名为《桑梓情》的主要原因。

刚参加工作那阵子，我也曾怀揣着一腔文学梦，用稚嫩的笔为家乡的发展鼓与呼。写过散文，写过小说，写过通讯报道，一部分也曾在各级杂志报纸发表，但由于缺乏灵性悟性，文章谈不上什么文学色彩，更淡不上什么品味。到机关从事文秘工作后，公文写作的严谨格式化思维又把自己不多的文学细胞挤磨殆尽。回到政协负责文史工作并兼任鲁山县炎黄文化研究会负责人后，才强迫自己写了一些"三亲"性质的文史作品。在朋友们的撺掇鼓励下，我把自己能找得到的作品进行了归类整理。"乡情悠悠"主要收集了围绕鲁山历史文化及山水所写的散文类作品；"山村纪事"主要收集了以人物通讯为主的新闻类作品；"激情岁月"主要收集了所经所历并付出心血的重要活动的文史类作品；"世态掠影"主要收集了描写社会世态的小小说作品；"杏坛小耕"主要收集了在《西鲁讲堂》及各种培训班上的讲稿；"言论辑要"主要收集了在不同座谈会上的发言（含序）摘要。能将自己不成体系的文章结集出版，也算是对生我养我的家乡的一种报答吧！

感谢伟宁、占才、随欣、剑秀等朋友，他们为文集提供了策划、编辑等帮助。河南省民协主席程健君关注文集的出版，并在百忙中抽出时间为文集写序，令人感动。占才、剑秀两位鲁山文坛大咖还为文集写了书评，也使难登大雅之堂的文集增色不少。范鲁娜、林双燕、胡梦雨、郭东伟等同志也积极主动抽出时间为文集打印、校对、提供照片，在此一并表示感谢！

邢春瑜

2021 年夏